현대 마도학자

네르가시아 장편 소설

FUSION FANTASTIC STORY

THE MODERN MAGICAL SCHOLAR

현대 마도학자 9

네르가시아 장편 소설

초판 1쇄 찍은 날 § 2015년 5월 12일
초판 1쇄 펴낸 날 § 2015년 5월 19일

지은이 § 네르가시아
펴낸이 § 서경석

편집책임 § 박은정

펴낸곳 § 도서출판 청어람
등록번호 § 제387-1999-000006호
등록일자 § 1999. 5. 31
어람번호 § 제1-2123호

주소 § 경기도 부천시 원미구 부일로 483번길 40 서경B/D 3F (우) 420-822
전화 § 032-656-4452 팩스 § 032-656-4453
http://www.chungeoram.com
E-mail § chungeorambook@daum.net

ISBN 979-11-04-90230-7 04810
ISBN 979-11-316-9243-1 (세트)

현대 마도학자

네르가시아 장편 소설

FUSION FANTASTIC STORY

THE MODERN MAGICAL SCHOLAR

9

현대 마도학자

THE MODERN
MAGICAL
SCHOLAR

CONTENTS

1장

비행기 사업에
뛰어들다

6월 초, F1그랑프리 바레인 레이스가 시작되었다.

부아아아앙!

화수는 엄청난 굉음을 내뿜으며 트랙을 질주하고 있는 F1 그랑프리 머신들을 바라보았다.

일보일퇴를 거듭하고 있는 1, 2위 경쟁은 모두 팀 브레멘에서 출전한 선수들이 하고 있지만 기록은 여전히 중요했다.

"이제 컨디션 조절하시고 한 타임 쉬었다가 치고 나가시죠."

—알겠습니다.

잭키 브라이언트와 맥 콜린스의 차이는 고작 0.001초. 누가 앞서 나가는지 알 수 없을 정도이다.

그 뒤를 잇는 3위와 4위는 +4.3초. 이 정도 차이라면 충분히 쉬어 가도 될 정도의 여유가 있었다.

두 사람은 이제 페이스를 살짝 낮추어 차량을 운행하였고, 그를 따라오던 3, 4위는 일찌감치 피트인에 들어갔다.

화수가 만든 차량이 그들이 모는 차량보다 내구도와 연비가 월등히 좋기 때문에 상대 팀들은 한 치의 양보도 용납하지 않으려 치밀하게 작전을 짰다.

그 일환이 바로 3, 4위를 지키기 위한 적절한 피트인 타이밍을 잡는 것이었다.

이들이 지금 피트인을 하게 되면 1, 2위와의 거리는 점점 더 멀어질 테지만 3, 4위는 충분히 지킬 수 있었다.

타이어를 교체하고 주유하는 등의 작업은 5초 이내에 끝나기 때문에 여유가 있을 때 해결해 놓으면 레이스에 도움이 되었다.

무리하게 타이어를 사용하고 주유까지 하지 않는다면 레이스에서 리타이어할 수밖에.

이제 중계석에서는 1, 2위 경쟁이 큰 의미가 없다고 입버릇처럼 말했다.

─머신의 차이가 크다는 것이 이번 레이스의 실패라고 말

하지요. 지금 이 장면은 그것을 충분히 반증하고 있는 것 같습니다.

—F1그랑프리가 차량의 규격을 정하긴 했지만 유종과 타이어의 재질은 결정하지 않았지요. 아마도 그게 가장 큰 문제가 아닌지 싶습니다. 제 생각이 맞는다면 내년부터는 타이어의 종류와 규격을 조금 더 엄격하게 제어할 수도 있겠군요.

—만약 팀 브레멘의 기술력을 다른 팀이 따라가지 못한다면 어떻게 되는 겁니까?

—기술력이 모자라면 팀 브레멘에서 타이어와 기름을 사와야지요.

—팀 브레멘의 등장이 F1그랑프리의 역사를 통째로 바꾸어놓는군요.

—이러면서 F1이 발전하는 것 아니겠습니까?

이미 FIA에서는 화수가 만든 타이어와 하이브리드 기술력을 표준으로 삼아 다음 경기부터 적용하는 것에 대한 기획안이 검토되고 있었다.

다만 이 조항이 발안되면 꽤 많은 팀이 F1을 떠날 것으로 보여 그 귀추가 주목되었다.

그렇게 경기는 흘러가 마지막 한 바퀴만을 남겨두고 있었다.

위이이이이이잉!

한껏 엔진을 과열시켜 트랙을 내달리던 맥 콜린스가 결승선을 통과했다.

—맥 콜린스, 맥 콜린스가 바레인 레이스의 우승 트로피를 거머쥡니다! 2위 잭키 브라이언트와는 +0.51초 차이, 대단합니다! 팀 브레멘이 또다시 1, 2위 포인트를 싹쓸이합니다!

이윽고 화수는 헤드셋을 벗어놓고 벤치에서 일어섰다.

"다들 수고하셨습니다."

"축하드립니다. 또 우승이군요."

팀 디렉터를 포함한 브레멘 식구들이 화수에게 축하를 전했다.

그는 고개를 저었다.

"아닙니다. 우리 모두가 함께 만들어낸 승리 아닙니까? 오늘은 제대로 한번 마셔봅시다."

"좋지요!"

화수는 면세점에서 사온 최고급 위스키와 바레인 호텔에서 테이크아웃해 온 음식으로 숙소를 꾸밀 생각이다.

취재진의 열띤 취재 경쟁과 파파라치에 대한 부담감으로 팀원들이 오픈된 곳에서 술자리를 갖지 못하기 때문에 화수가 특별히 배려한 것이다.

오늘 술자리 역시 아주 오래갈 예정이다.

　　　　　*　　　　　*　　　　　*

　바레인 시미즈 호텔로 돌아온 화수의 손에는 엄청난 양의
짐이 들려 있었다.

　호텔 지배인들이 황급히 화수에게 달려와 짐을 받았다.

　"주시지요."

　"고맙습니다."

　이윽고 호텔의 총지배인이 화수에게 메모를 전했다.

　"프런트로 전화가 왔습니다."

[베네노아, ***―8241―****]

　화수는 메모에 적힌 베네노아의 세컨드 넘버로 전화를 걸
었다.

　―예, 보스.

　"무슨 일입니까?"

　―긴히 드릴 말씀이 있습니다.

　"전화로 하기 힘든 얘기입니까?"

　―가능하면 뵙고 말씀드리고 싶습니다. 지금 호텔에 계신
지요?

　"네, 그렇습니다."

―그럼 지금 당장 바레인으로 가겠습니다.

뭔가 상당히 비밀스러운 얘기가 오갈 듯한 느낌이라 화수는 방을 하나 더 예약하기로 했다.

"지금 방을 하나 더 잡을까요?"

―호텔에서 좀 멀리 떨어진 곳에 잡으시지요.

"알겠습니다."

―그리고 가는 길에 손님 한 분을 데리고 갈 겁니다. 알고 계시는 것이 좋을 것 같아서 미리 말씀을 드립니다.

"좋습니다. 그렇게 하시지요."

화수는 호텔을 빠져나가 바레인 시가지로 향했다.

바레인 뒷골목에 위치한 '핫싼'이라는 작은 여관에 방을 잡은 화수는 늦은 밤이 되어서야 베네노아를 만날 수 있었다.

그는 5층에 마련된 방으로 들어와 화수에게 인사했다.

"제가 좀 늦었지요?"

"아닙니다. 일단 들어오시죠."

방으로 들어서는 베네노아를 따라 한 중년인이 모습을 드러냈다.

"반갑습니다. 제이슨 스타티어입니다."

"강화수입니다."

자신의 신분도 밝히지 않은 제이슨 스타티어는 화수에게

악수를 건넸다.

이윽고 그는 화수에게 자신의 방문 목적을 설명했다.

"듣자하니 한국에서 중고품 사업을 꽤 크게 하신다고요."

"뭐, 그렇게 거창한 사업은 아닙니다만."

"중고 기차를 사다가 굴릴 정도라면 그 영향력이 작지는 않다고 생각합니다."

"그렇게 생각해 주신다니 감사드려야 할 것 같군요."

"그래서 말입니다만, 제가 제안을 하나 드리려고 합니다."

"말씀하시지요."

그는 화수에게 카탈로그를 몇 개 전달했다.

"이번에 미 공군에서 중고 전투기를 처분한다는 공고를 내렸습니다. 비행이 불가능한 제품부터 아직 수리만 해서 탈 수 있는 제품도 있습니다. 저는 이것을 강화수 회장님께 판매하고자 합니다."

화수는 카탈로그를 받아 그 내용을 확인해 보았다.

〈미 공군 노후 전투기 매각 보고서〉

기종—F15, F—16, A—10.

총 350대 분량……

현재 F—15, F—16, A—10은 모체를 개량해서 각국의 주력 전투기로 사용되고 있는 기종이다.

하지만 70년대와 80년대 초반에 개발되어 실전 배치된 기종은 노후하여 이제 더 이상 하늘을 날 수 없게 되었다.

또한 미국의 차기 전투기 F—22 등의 도입으로 인하여 F—15 등은 낡은 기종부터 서서히 감축되는 추세였다.

워낙에 많은 전투기를 보유한 미국이기 때문에 신형 전투기와 함께 구형 전투기까지 운용하자면 그 금액이 상상을 초월했다.

그 때문에 미국은 전투기 350대를 시작으로 점차 노후화 전력을 퇴역하기로 한 것이다.

"제가 이 전투기들을 회장님께 인도해 드리면 가격이 현재의 80% 수준으로 디스카운트됩니다. 만약 그 이후에 회장님께서 이 전투기를 수리해서 제2, 3국으로 수출하게 되면 많은 이문이 남겠지요."

화수는 그의 제안을 듣고는 이내 고개를 갸웃거렸다.

"제가 그만한 기술력을 가졌을지 이떻게 예상하신 겁니까?"

"베네노아 씨의 얘기를 듣고 확신을 갖게 되었습니다. 회장님께서 못 만드시는 물건이 없다고 했습니다. 심지어 기차, 포뮬러 머신까지 말입니다."

베네노아는 조용히 고개를 끄덕였다.

"맞습니다. 제가 술자리에서 회장님에 대한 자랑을 좀 했습니다. 그랬더니 이 사람이 전투기에 대한 얘기를 꺼냈습니다."

"으음."

"어떠십니까? 인도를 받을 의향이 있으십니까?"

화수는 조금 고민되었다.

"항공기는 전혀 다른 분야입니다만……."

"하지만 엄청난 이문이 남지요. 잘 아시지 않습니까? 폐차를 수리해서 팔면 얼마나 남는지."

보통 기동이 불가능한 이동 수단은 수리 후의 가격이 열 배에서 많게는 스무 배까지 뛴다.

화수가 지금의 그룹을 일굴 수 있었던 원동력 또한 그 막대한 이문에 있었다.

불모지에 불과하지만 항공기 사업에 뛰어드는 것도 그리 나쁜 제안은 아니었다.

"그래서 가격은 어떻게 책정됩니까?"

"당초 계획은 대당 4~5억 원 내외가 될 계획이었습니다."

"5억 원이라……."

"여기서 제가 회장님께 기종을 선사한다면 3억까지 내려갈 수도 있지요."

"으음."

"다만 비행기의 유지에 들어가는 기술력이나 핵심 엔진은 다소 문제가 있을 겁니다."

"당장 사용이 불가능하단 소리군요."

"그렇다고 볼 수 있습니다."

미군이 비행기를 넘길 때엔 광학화 장비와 엔진의 결함 등은 그대로 남겨두고 무기와 운영 체제 역시 모두 제외한 채 판매한다.

그렇기 때문에 기술력이 없다면 비행기를 공짜로 사도 운영 자체를 할 수가 없다.

한마디로 가격을 깎는 대신 굴러갈 방법이 전혀 없는 고물을 판매하겠다는 소리다.

"어떠십니까?"

"껍데기만 남은 전투기라······."

"하지만 대신 거기에 생명을 불어넣으면 명품 전투기가 되는 셈입니다."

현재 이수그룹이 가진 역량이라면 이 모든 전투기를 죄다 사들여도 충분히 수용이 가능하다.

하지만 문제는 이것들을 구매해서 과연 격납할 수 있는 창고와 생산 라인을 갖출 수 있느냐 하는 것이었다.

"조금 더 검토를 해봐야 할 문제인 것 같군요."

"시간은 많습니다. 원하신다면 각 한 대씩을 저렴한 가격에 먼저 가져가셔도 됩니다."

화수는 이 모든 특전을 제시한 그에게 물었다.

"그나저나 제가 이 거래를 받아들인다면 조건은 무엇입니까?"

"약간의 인센티브를 주시면 됩니다. 대당 10%를 인센티브로 잡겠습니다."

"그렇군요."

이 정도 거래라면 화수가 다소 밑지더라도 아주 큰 손해는 아니다.

"좋습니다. 제가 조만간 다시 연락드리지요."

제이슨은 화수에게 핸드폰을 건넸다.

"이쪽으로 연락을 주시면 됩니다."

"알겠습니다."

"그럼."

그는 이내 여관을 나섰고, 화수는 깊은 고민에 빠졌다.

*   *   *

미국 국방산업에 들어가는 로비 자금은 한 회사를 차려서 운영해도 전혀 문제가 없을 정도이다.

화수가 받은 제안 역시 로비에 대한 대가로 돈을 지불해야 하는 방식이었다.

중고 장비를 싼값에 사들여 장사를 한다는 것은 쉽지 않은 일이지만 한번 불이 붙으면 꽤 엄청난 이문이 남는다.

샤넬리아는 화수가 받은 제안에 대해 이렇게 말했다.

"잘하면 대박이고 잘못하면 쪽박이군."

"그렇긴 하지."

그녀는 100년 동안 세계 각국을 돌아다니면서 각종 분야의 지식을 쌓아왔다.

그중에는 항공기 관련 지식도 있었지만 전투기에 대한 것은 거의 문외한이라고 할 수 있었다.

"문제는 이 전투기들을 사서 개조한다고 해도 판매가 될지 의문이라는 것이지."

"으음."

기술력의 집약체인 전투기를 개조한다는 것 자체가 상당히 힘든 일이지만 성공한다면 엄청난 이문을 남길 수 있었다.

화수는 그녀에게 연줄이 있을 것이라고 생각했다.

"방법이 없겠어?"

"만약 내가 방법을 찾으면 또 일을 벌이겠지?"

"물론."

그녀는 슬쩍 실소를 흘렸다.

"훗, 개 버릇 남 못 주는군."

"어때? 할 수 있겠어?"

"좋아, 네가 내 소원을 들어주었으니 나도 네 소원 하나 들어줘야지."

"정말인가?"

"그럼 내가 멀쩡한 정신에 헛소리라도 하는 줄 아나? 걱정하지 마. 그쪽에 잘 아는 지인이 있으니."

"고마워."

"단, 조건이 있어."

"조건?"

"다리를 놓아주는 것은 내 역할이지만 그놈과 협상하는 것은 네 몫이야."

"그놈?"

그녀는 자신이 소개할 사람에 대해 그리 썩 좋은 기억을 갖지 않은 모양이다.

"뭐, 그런 놈이 있어. 성질 더러운 놈. 어때?"

"그래, 그 정도쯤이야."

"후후, 그럼 조건은 성립된 셈이네."

샤넬리아는 화수와 함께 네덜란드로 떠날 계획을 세웠다.

"내일 오후에 당장 암스테르담으로 날아가자고."

"좋지."

화수는 그녀와 함께 공항으로 향했다.

＊　　　＊　　　＊

암스테르담 시가지에 위치한 작은 선술집.

이곳에 한 사내가 술에 취해 고래고래 소리를 지르고 있었다.

"술 더 가져와!"

쨍그랑!

"꺄악!"

"저 술주정뱅이가 또 시작이네."

새하얀 백금발에 파란색 눈동자를 가진 사내는 30대 후반으로 보이는 외모에 176cm쯤 되는 평범한 키를 가지고 있었다.

전체적인 이목구비는 상당히 미남형이지만 워낙 술에 오래 절어 있어서 그린지 얼굴이 수척했다.

화수는 샤넬리아와 함께 찾은 전부기 기술사 맥스 개인을 바라보며 고개를 절레절레 흔들었다.

"고주망태인데?"

그녀는 화수에게 사진을 한 장 보여주며 말했다.

"이 여자 때문이야."

"실연의 상처 때문에 폐인이 된 건가?"

그녀는 고개를 가로저었다.

"그 여자가 돈 떼먹고 도망갔기 때문에 저렇게 된 거야."

"돈?"

"저놈이 전투기 운용 기술과 광학화 장비 상호작용에 대한 기술력의 개런티로 받아들인 돈이 얼마나 될 것 같아? 한 대 당 1%만 잡아도 말이야."

"으음, 그건 그렇군."

그는 미 공군에서 전투기 운용 기술에 대한 기술자문과 광학화 장비 호환에 대한 기술자문으로 엄청난 돈을 벌어들였다.

그렇지만 그 돈은 한 여자에게 뒤통수를 맞아 한순간에 없어지고 말았다.

한마디로 그는 여자 한번 잘못 만나서 거의 폐인이 되어버린 것이다.

샤넬리아는 술에 취해 비틀거리는 그에게 디가가 맞은편에 앉았다.

"오랜만이지?"

순간, 맥스가 고개를 갸웃거렸다.

"어라, 너는……?"

"어디서 뭘 하고 있나 했더니 역시나 여기서 궁상을 떨고 있었군."

"…어쩐 일이냐?"

"소개해 줄 사람이 있어서."

"소개?"

화수는 그에게 악수를 청했다.

"강화수라고 합니다."

"강화수?"

"샤넬리아의 동업자쯤 되겠군요."

"동업자라……. 이 여자의 동업자라니 당신도 싸가지가 바가지겠군."

"뭐, 뭐요?"

맥스는 이내 자리에서 일어섰다.

"에잇, 술맛 떨어지는군. 난 그만 간다!"

술집주인이 그에게 달려와 술값 정산을 재촉했다.

"어딜 가려고? 도대체 외상이 얼마인지 알고나 있나?"

"쳇, 그까짓 논, 내가 금방 벌어서 갚으면 될 것 아니야?!"

"그까짓 돈, 지금 받아야겠다. 어서 내놔."

"그런데 이 새끼가……!"

맥스는 엉성한 주먹질로 술집주인의 얼굴을 냅다 후려갈겼지만 역시 그 주먹은 빗나가고 말았다.

"아주 죽기 직전까지 맞아야 정신을 차리겠군!"

퍼억!

"크헉!"

얼굴을 한 대 얻어맞고 바닥에 쭉 뻗어버린 그는 이내 눈물을 흘렸다.

"흑흑! 줄리아!"

술집주인은 이내 고개를 좌우로 흔들었다.

"쯧, 어쩌다 꽃뱀에게 물려서 폐인이 되었나 그래."

화수는 술집주인에게 다가가 물었다.

"술값이 얼마입니까?"

"누구쇼?"

"그냥 아는 사람입니다. 제가 술값을 갚을 테니 가격이나 알려주십시오."

그는 심드렁한 표정으로 답했다.

"2천 유로 되는군요."

"어, 얼마요?"

"2천 유로요."

한화로 200만 원이 넘는 술을 외상으로 마셨다니 혀를 내두르지 않을 수 없었다.

"어차피 받을 생각도 없으니 그냥 가쇼. 저놈이 이 술집에서 저러는 것이 어디 하루 이틀도 아니고 말이야."

"저 사람을 잘 아십니까?"

"잘 알지. 내 여동생과 결혼을 약속했다가 꽃뱀에게 꼬임을 당해서 저 지경이 되었으니."

"허, 허어……."

"그나마 내 동생이 딴 남자를 만나서 아이까지 낳고 잘살고 있으니 망정이지, 그렇지 않았다면 벌써 두들겨 패서 라인강에 집어 던져 버렸을 거요."

"그렇군요."

그는 질렸다는 듯 고개를 좌우로 흔들었다.

"아무튼 나는 다신 저 작자를 볼 마음이 없으니 버리든 말든 마음대로 하쇼."

이윽고 화수는 그를 이끌고 술집을 나섰다.

"술 내놔!"

술집을 나설 때까지 악에 받쳐 버둥거리는 그에게 화수는 더 이상 참을 수 없다는 듯이 말했다.

"좀 재워야겠군."

퍽!

"……."

그제야 축 늘어져 조용해진 그를 들쳐 멘 화수는 근처 여관으로 향했다.

*　　　　*　　　　*

술에서 깨어난 맥스는 자신의 앞에 서 있는 두 사람을 바라보았다.

"어, 어라, 당신들은……?"

"이제 깨어났습니까?"

맥스는 머리가 아프다는 듯 자꾸만 인상을 찌푸렸다.

"…미안합니다만, 물 좀 주실 수 있겠어요?"

"물론입니다."

"꿀꺽꿀꺽!"

거침없이 1.5리터 생수를 단숨에 반쯤 들이켠 그는 남아 있는 물을 다 마시고 나서야 숨을 내쉬었다.

"크허억."

"술을 꽤 많이 마신 모양이군요."

"뭐, 내 일상이 항상 그렇지요."

화수는 그에게 자신이 찾아온 이유에 대해 설명했다.

"재기하실 생각은 없으십니까?"

"재기요?"

"다시 한 번 항공기술자로 새로운 삶을 사는 겁니다."

맥스는 실소를 흘렸다.

"후후, 말도 안 되는 소리. 나 같은 주정뱅이를 어디서 받아줍니까?"

"주정뱅이이지만 뛰어난 기술자이기도 하지요."

"…아무튼 싫습니다."

"그 여자 때문입니까?"

순간, 그가 자리를 박차고 일어섰다.

"당신이 도대체 그 여자에 대해 뭘 안다고 지껄여?!"

퍼억!

화수의 멱살을 잡은 맥스가 주먹을 날렸고, 화수는 그 주먹에 순순히 맞아주었다.

마음만 먹는다면 한 손가락으로도 맥스를 요리할 수 있는 화수지만 몇 대 더 주먹을 허용해 주었다.

퍽퍽퍽퍽!

"허억허억!"

그리곤 그의 손을 풀어내면서 물었다.

"다 때렸습니까?"

"뭐, 뭐요?"

"다 때렸으면 저도 몇 대 때리려고 합니다."

"이, 이 사람이 미쳤나?"

순간 화수는 그의 정강이를 발로 확 걷어차 버렸다.

빠악!

"으, 으아악!"

그리곤 그의 복부를 주먹으로 살며시 어루만져 주었다.

퍽!

"쿨럭쿨럭!"

복부를 정통으로 얻어맞은 그의 입에서 형형색색의 국물이 쏟아져 나왔다.

"우웨에에엑!"

이윽고 어제 먹은 술이 죄다 쏟아져 나와 주변을 역한 알코올 냄새로 물들였다.

손으로 코를 틀어막은 샤넬리아가 즉시 창문을 열었다.

"으윽, 더러워 죽겠네."

그런 그녀를 뒤로한 채 화수는 그에게 수건을 던지며 말했다.

"닦으십시오. 속을 비워냈으니 좀 나을 겁니다."

"…도대체 나에게 왜 이러는 겁니까?"

화수는 그를 자리에서 일으켜 세웠다.

"나가서 해장이라도 좀 하면서 얘기합시다."

다짜고짜 몇 대 얻어맞긴 했지만 그 덕분에 정신이 멀쩡해진 맥스였다.

그는 화수와 샤넬리아를 따라 암스테르담 시가지로 향했다.

＊　　＊　　＊

각종 해산물과 물미나리로 국물을 내고 그 안에 대구의 살

점을 넣은 해장국을 바라보는 맥스의 표정이 썩 좋지 못했다.

"이게 뭡니까?"

"속을 달래주는 국입니다. 한 사발 하시죠."

"…이걸 도대체……."

"먹으면 그 진가를 알게 될 겁니다."

한국식 식당을 찾아 대구미나리해장국을 시킨 화수는 그 뜨끈한 국물에 밥을 한 그릇 말아서 먹기 시작한다.

"후루룩! 으음, 좋군."

샤넬리야 역시 그를 따라 해장국을 먹더니 이내 고개를 끄덕였다.

"오호? 생각보다 괜찮은데?"

두 사람이 모두 정신없이 국을 퍼먹으니 그 역시 먹지 않을 수가 없었다.

"거참……."

이윽고 국물을 한 수저 떠먹은 맥스가 눈을 번쩍 떴다.

"으음?!"

"어때요? 괜찮죠?"

"후룩후룩!"

속을 시원하게 달래주는 미나리해장국 맛은 외국인의 속풀이에도 꽤 괜찮은 모양이었다.

그는 해장국을 한 그릇 뚝딱 비워내더니 이내 한 그릇 더

달라고 외쳤다.

"하나 더!"

"그러시죠."

이윽고 미나리해장국이 준비되어 나왔고, 그는 마저 남은 주독을 몰아냈다.

화수는 그런 그에게 물었다.

"그 여자에게 뜯긴 돈을 다 찾아준다면 내 사업에 참여하겠습니까?"

그는 고개를 좌우로 흔들었다.

"돈, 돈이야 어찌 되었든 상관없어요. 그년이 똑같이 당해서 해롱대는 꼴을 꼭 봐야겠습니다."

"으음, 그렇단 말이죠?"

화수는 아주 천천히 고개를 끄덕였다.

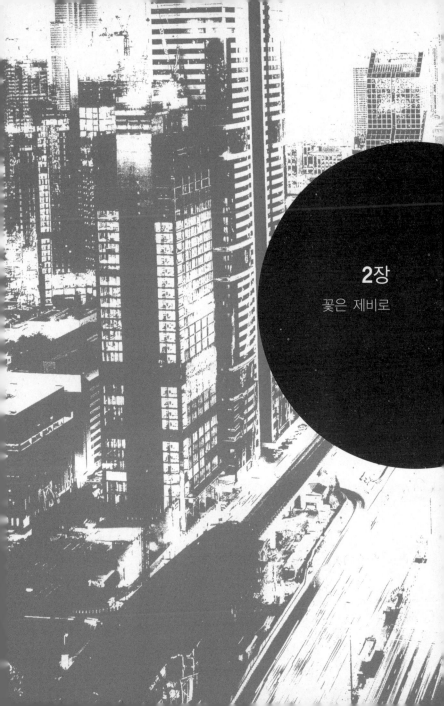

2장

꽃은 제비로

뉴욕 뒷골목의 한 선술집.

한 사내가 싸구려 데킬라를 마시고 있었다.

소금 한 줌과 마시는 데킬라의 풍미는 쓰디쓰고 결국엔 속을 다 버려놓을 것이다.

하지만 그는 그렇게 데킬라를 마시는 것이 상당히 익숙해 보였다.

그는 상당히 후덕한 몸에 이중 턱을 가지고 있었는데, 가만히 앉아 있음에도 주변이 꽉 차는 느낌이었다.

과거 그는 정통한 훈련을 받았다. 그러나 지금은 지방으로 가득한 술꾼에 불과했다.

잠시 후, 베네노아가 그의 곁으로 다가와 앉았다.

"오랜만이군."

"…보스?"

"여기서 웬 궁상인가?"

사내는 베네노아의 옛 부하인 케빈으로 한때는 뉴욕 뒷골목을 주름잡던 마약상인이다.

또한 이 일대에서 가장 유명한 뚜쟁이로서 베네노아가 암흑가 사업에서 꽤나 많은 이익을 남길 수 있도록 도왔다.

하지만 이제는 조직을 등지고 난 후의 무력감에 젖어 술만 퍼마시고 있었다.

"요즘 사업을 하신다고 들었습니다. 한국에서의 생활은 어떠십니까?"

"뭐, 그럭저럭 살 만해."

"그렇군요."

베네노아는 그의 데킬라를 통째로 들고 단숨에 절반을 꿀꺽 마셨다.

꿀꺽꿀꺽!

"크흐!"

"여전히 술을 잘 드시는군요. 비법이라도 있습니까?"

"은인을 만났다고나 할까?"

"은인이요?"

"후후, 그런 사람이 있어."

이윽고 케빈은 자신을 찾아온 베네노아에게 용건을 물었다.

"그나저나 이런 저를 만나러 오신 이유가 궁금하군요. 매일 술에 절어 사는 저를 무엇 때문에 찾아오셨는지요?"

"단도직입적으로 말하지. 자네의 도움이 필요하네."

그는 실소를 흘렸다.

"이제는 현역에서 퇴역한 제가 뭘 할 수 있겠습니까? 그나마 뚜쟁이 시절에는 돈이라도 많이 벌었지, 지금은 혼자 먹고 살 길도 막막합니다."

"그 막막한 길, 내가 뚫어주겠네."

"그게 무슨 말씀이십니까?"

베네노아는 그에게 사진을 한 장 건넸다.

"이 여자를 찾아서 자네의 여자로 만들 수 있겠나? 그럴 수만 있다면 노후까지 아주 섭섭지 않도록 챙겨주겠네."

"여자를 꿰어달라는 부탁이군요. 하지만……."

"아무런 잘못도 없는 여자를 꿰어달라고 한 것 아닐세. 이 여자는 지금까지 몇 명인지도 모를 남자들의 등을 쳐 먹고 다녔어. 이 여자 때문에 신세를 망친 사람이 한둘이 아니지."

"으음."

"그냥 뒷골목 청소를 해주고 아르바이트비나 받는다고 생각하게. 자네는 분명 이 세상에 도움 되는 일을 하는 거야."

"하지만 이제 저는 그 일을 접었습니다. 다시 재기할 수 있을까요?"

"가능하네. 내가 자네를 트레이닝해 줄 수 있는 사람을 소개시켜 주겠네."

"트레이닝이요?"

"이 분야에선 전문가라고 할 수 있지. 이런 말 모르나? 과부는 제비를 조련시키고 제비는 과부의 옷을 벗겨먹는다고."

"그런 말이⋯⋯."

"아무튼 그런 여자를 내가 소개시켜 주겠네. 그 여자와 함께 단련하면 충분히 해낼 수 있을 걸세."

가만히 생각에 잠겨 있던 그가 이내 입을 열었다.

"좋습니다. 하지만 딱 한 번뿐입니다."

"물론이지."

베네노아는 그에게 투하의 전화번호를 일러주었다.

*　　　*　　　*

뉴욕 멘하탄의 한 오피스텔.

투하가 케빈을 기다리고 있었다.

딩동!

잠시 후, 약속 시간 30분 전에 벨이 울렸다.

이윽고 문을 연 투하는 자신을 일찍 찾아온 케빈을 나무랐다.

"반갑습니다. 저는⋯⋯."

"무슨 남자가 이렇게 시간을 잘 지켜요?"

"네? 그게 무슨⋯⋯?"

"당신이 이곳에 온 목적은 뭐죠?"

"그거야 당신에게 트레이닝을 받으러⋯⋯."

"아니요, 그전에 본질적인 목적이 있잖아요."

"여자를 유혹하기 위함이지요."

"그런 사람이 이렇게 일찍 약속 장소에 나타나요? 도무지 기본이 안 되어 있는 사람이군요."

"당신이 유혹의 대상도 아닌데 내가 애초부터 그렇게 나쁜 남자처럼 굴어야겠습니까?"

"오호, 뭘 좀 아는군요."

"나도 소싯적엔 이 바닥에서 이름 좀 날리던 놈입니다. 마피아 출신이긴 하지만 그쪽으로 재능이 좀 있었거든요."

"후후, 그래요?"

가만히 그의 얼굴을 바라보던 투하가 말했다.

"그럼 지금 당장 나를 유혹해 봐요."

"당신을 말입니까?"

"나를 유혹할 수 있다면 그런 여자쯤 아무것도 아니죠."

"너무 자신만만한 것 아닙니까?"

"자신이 있으니까요."

"그래요?"

순간, 그는 투하의 허리를 확 낚아채더니 이내 얼굴을 들이밀었다.

그녀는 어처구니없다는 표정으로 그를 바라보았다.

"지금 뭐 하는 건가요? 그런 말도 안 되는 박력으로……."

"이게 삐져나왔군요."

"……."

투하는 몸매가 강조되는 원피스를 입고 있었는데, 그 옆구리에 작은 실밥이 하나 툭 불거져 나와 있었다.

케빈은 그 찰나의 순간에 작은 실밥이 튀어나왔다는 것을 간파하고 그것을 이용한 것이다.

그제야 그녀가 흥미롭다는 듯이 웃는다.

"오호, 좀 하는데요?"

"내가 마피아에 뚜쟁이긴 했어도 눈썰미 하나는 최고였습니다. 내 손가락을 걸고 보증하죠."

"뭐, 그건 인정."

이윽고 그녀는 대상이 어떤 사람인가에 대해 설명했다.

"좋아요, 이제는 한 여자를 공략하기 위한 트레이닝에 들어갈 거예요. 여자는 여자가 가장 잘 안다고, 지금부터 당신은 내가 그녀라고 생각하면서 이미지 트레이닝을 할 겁니다. 이의 없으시죠?"

"트레이닝 기간은 얼마나 될 것 같습니까?"

"앞으로 6주 정도요."

"뭐, 그럽시다."

두 사람은 이제야 정식으로 악수를 나누었다.

"소개가 늦었네요. 투하라고 해요."

"케빈입니다."

이렇게 하여 꽃뱀을 잡기 위한 제비의 재활훈련이 시작되었다.

*   *   *

이른 아침, 트레이닝복을 입은 투하와 케빈이 센트럴파크 조깅 코스를 달렸다.

오래도록 운동을 하지 않아 몸이 부실해진 케빈은 재활을 위해서 가장 먼저 운동이 필요하다고 생각했다.

원래 그는 보디빌더 출신으로 지역 대회에서 여러 번 수상을 한 경험이 있었다.

하지만 오랜 기간 술을 퍼마셨더니 몸이 말을 잘 듣지 않았다.

"허억허억!"

"어이, 덩치 씨. 너무 못 달리는 것 아니에요?"

대회에서 수상했을 정도로 운동에 대해 정통한 그이지만 세월 앞에 장사는없었다.

투하는 아까부터 일부러 그를 자극해서 자존심에 상처를 입혔다.

"…사람은 누구나 기름칠을 해야 할 때가 옵니다. 당신은 그렇지 않을 것 같아요?"

"흥, 그래도 당신처럼 둥글둥글하고 뚱뚱한 사람은 되지 않을 테죠."

"끄응."

그래도 그가 화를 낼 수 없는 것은 지금 갑과 을의 관계이기 때문이다.

잘못하여 이 훈련에서 낙오한다던 케빈에게 기회는 다시 오지 않을 것이다.

그리고 케빈은 전직 보디빌더의 자존심에 이런 작은 일에 화를 낸다는 것은 말이 되지 않는다고 생각했다.

약 30분 후, 케빈은 잠시 쉬었다가 달리자는 그녀의 제안을 받아들여 벤치에 몸을 눕혔다.

"후우, 힘들군."

"그러게 사람이 왜 그렇게 미련하게 술만 퍼마셨어요? 나이나 적어야지."

"서른다섯이면 한창입니다. 그런 소리 하지 마세요."

"뭐, 그렇다고 쳐줄게요."

케빈은 그렇게 벤치에 누워 하늘을 바라보았다.

"좋구나."

"뭐가요?"

"이렇게 밝은 아침에 벤치에 누워 하늘을 바라보는 것 말입니다. 참으로 오랜만인데, 정말 좋군요."

"매일 밤마다 술을 마시니 그렇죠."

"그래요. 그런 생활 때문에 제가 망가졌죠. 하지만 이젠 그럴 일 절대로 없을 겁니다."

이윽고 그는 자리에서 벌떡 일어섰다.

"갑시다. 내가 운동하던 체육관이 있어요. 그곳으로 갑시다."

"그래요."

두 사람은 뉴욕 시가지에 있는 한 체육관으로 향했다.

*　　　*　　　*

뉴욕 한복판에 있는 대형 스포츠센터.

이곳은 걸출한 격투기 선수들과 보디빌더들을 배출한 종합스포츠센터이다.

각 분야의 최고들이 만나 각자의 장점만을 살려 격투기 선수와 보디빌더들에게 시너지 효과를 주면서 유명세를 타게 되었다.

이곳을 창시한 사람은 케빈의 절친한 친구로, 어려서 그에게 운동을 배운 제자이기도 했다.

케빈의 친구 데이비드는 그가 체육관을 찾아왔다는 소식에 한달음에 달려와 케빈을 맞았다.

"오오, 케빈!"

"오랜만이지?"

"도대체 어디에 처박혀 있다가 이제야 나타난 거야?!"

"그냥 칩거 생활 좀 했어."

"그래, 그래! 살아 있으면 되었다!"

그는 케빈의 곁에 있는 두하에게 직게 목례한 후 그를 데리고 사무실로 향했다.

스포츠센터장 사무실에는 케빈이 지역대회에서 받은 트로피와 격투기 선수들과 함께 찍은 사진이 걸려 있었다.

케빈은 세계에서 가장 유명한 선수들의 트레이너를 맡았었는데, 그들과 함께 찍은 사진은 그때 촬영한 것이다.

"요즘 사람들이 네 얘기를 많이 해. 언제쯤 돌아오느냐고 말이야."

"뒷골목 뚜쟁이를 기다리는 사람도 있나?"

"무슨 말을 그렇게 하나. 네가 키운 사람이 어디 한둘이야?"

"그래도 출신을 속일 수야 있나? 마피아에 뚜쟁이인 것은 다 아는데 뭘 새삼스럽게."

"그 출신을 다 알면서도 사람들은 너를 찾고 있어. 모르진 않을 텐데?"

마피아 생활을 하면서도 틈틈이 체육관에서 트레이너로 일한 그의 명성은 꽤나 자자한 편이었다.

만약 자신의 신변을 비관하지만 않았어도 그는 세계에서 가장 유명한 트레이너가 되었을지도 모른다.

"뭐, 아무튼 나를 좀 재활시켜 주었으면 한다."

"재활?"

"신수들과 함께 운동을 해도 좋고 혼자 조용히 운동을 해도 되고."

케빈이 운동을 다시 시작한다는 말에 데이비드는 반색하며 웃었다.

"네가 다시 운동을 한다면 언제나 환영이지! 하하! 그래, 다시 운동하면 너에게도 아주 이로울 거야!"

"하지만 프로에 복귀할 생각은 없어."

"뭐? 어째서……."

"이건 내가 마지막으로 하는 트레이닝이야. 이 기간이 끝나면 이젠 몸이나 유지하면서 생활할 거야. 운동에 뜻은 없어."

그는 다소 무거운 표정을 지었다.

"아깝군. 난 다시 트레이너로 나서겠다는 소리인 줄 알았네."

"다신 그럴 일 없어. 잘 알잖아?"

"쩝, 뭐 어쩔 수 없지."

이윽고 두 사람은 자리에서 일어섰다.

"그래, 그렇다면 조건을 하나 걸지. 네 트레이닝은 내가 전담한다. 괜찮지?"

"후우, 벌써부터 긴장되는군."

두 사람은 케이시가 있는 트레이닝장으로 향했다.

＊　　　＊　　　＊

점심시간이 가까워져 오는 시각.

케빈은 데이비드와 함께 운동에 전념하고 있었다.

퍽퍽퍽!

"원, 투!"

"더 빨리!"

"원, 투, 원, 투!"

"느리다! 더 빨리! 더 빨리 내지르란 말이야!"

"훅훅! 훅훅!"

도저히 사람으로선 이겨낼 수 없을 것 같은 훈련을 견뎌내고 있는 케빈이다.

투하는 잠시 그런 케빈이 상당히 매력적인 사람이라고 생각했다.

멋있는 남자의 조건에 가장 첫 번째는 바로 자신을 이겨내는 인내심이다.

운동은 그런 인내심을 발휘할 수 있는 가장 좋은 척도라고 할 수 있었다.

힘겨운 훈련을 견뎌내고 각고의 인내 끝에 자신의 한계를 뛰어넘는 남자야말로 가장 매력적인 사내라 불릴 수 있었다.

팅팅!

이윽고 휴식 시간을 알리는 공이 울린다.

"수고했다. 다음 트레이닝은 웨이트트레이닝. 알지?"

"물론."

투하는 물을 마시기 위해 케이지 밖으로 나온 그에게 물었다.

"무슨 운동을 하루 종일 해요? 그래서 사람이 살겠어요?"

"선수는 이것의 족히 열 배는 움직입니다. 내가 하는 운동은 운동도 아니에요."

"그렇다곤 하지만 이곳에 너무 많은 시간을 할애하고 있잖아요?"

"남자의 가장 큰 덕목이 뭡니까?"

"그거야……."

"식스 팩입니다. 균형 잡힌 몸매를 가질 수 없다면 여성을 유혹할 수 없죠."

"뭐, 그건 그렇지만……."

그는 자신의 손목에 차고 있던 시계를 바라보며 말했다.

"이제 곧 간식을 먹고 다시 트레이닝을 해야 합니다. 지루하면 어디라도 가 있어요."

"…됐어요. 그냥 여기 있을래요."

"그러시죠. 난 상관없으니."

이윽고 그는 다시 땀을 닦고 운동에 전념하기 시작했다.

투하는 그런 그의 모습에 마음이 조금 흔들리는 것 같았다.

'그래, 기본은 되어 있군.'

일단 기본적인 자세는 되어 있다고 생각하는 투하다.

*　　　*　　　*

처음 투하가 케빈을 만났을 때엔 족히 120㎏에 육박하는 덩치로 거의 대부분 지방으로 가득 차 있었다.

하지만 이 주일이 지나자 그는 서서히 살이 빠지면서 원래의 얼굴 윤곽을 되찾아갔다.

이제 슬슬 그녀는 케빈에게 여자를 대하는 방법을 가르치기 시작했다.

그것은 일반적인 남녀가 만나서 어떻게 호감을 갖느냐에 대한 사소한 것이 아니었다.

궁극적으로 꽃뱀을 어떻게 역으로 꿰어내어 자신의 것으로 만드느냐에 대한 것이었다.

그녀는 다소 한량 기질이 있는 케빈을 착한 남자로 길들였다.

교외로 드라이브를 가는 길, 그녀는 자동차 앞에 서서 그가 문을 열어주기를 기다렸다.

"여자가 차에 탈 땐 문을 열어줘요."

"왜 그래야 합니까? 여자에게 매달리는 남자는 매력 없습니다."

"일단 당신은 그녀에게 아주 호구처럼 보여야 해요. 그냥 호구도 아니고 아주 말도 안 되는 개호구로 보여야 한다는 말이죠. 이해해요?"

"쉽게 보여서 마음을 사로잡아라?"

"뭐, 그런 셈이죠."

"으음, 뻔한 방법이긴 하지만 일리가 있군요."

"그래야 꽃뱀이 방심할 테고, 그때를 노려서 승기를 잡지요."

그는 그녀의 말에 동감했다.

"좋습니다. 이제부터는 만인이 생각하는 그런 착한 남자가 되어보지요."

"그래요. 잘 생각했어요."

케빈은 마치 딸을 차에 태우듯 아주 조심스럽게 손을 들어 부딪치지 않게 배려했다.

"자, 타시죠."

"고마워요."

그리고 그는 차에 타서도 그녀에게 안전벨트를 매어주고 의자의 등받이를 조절해 주었다.

철컥.

"어때요? 불편하지는 않아요?"

"괜찮아요."

"그래요. 갑시다."

자동차를 몰아 교외로 나가는 길, 그는 공사 중에 생긴 턱을 만나자 이내 그녀의 쇄골 부분을 팔로 막아 앞으로 튀어나가는 것을 방지해 주었다.

덜컹!

"괜찮습니까?"

"아, 네. 괜찮아요."

"하마터면 몸이 쏠릴 뻔했군요."

그녀는 아주 만족스럽다는 듯이 웃었다.

"후후, 좋아요. 일단 기본은 갖추어진 셈이군요."

"뭐, 기본 상식이지요."

"그렇다면 이젠 아주 고차원적인 훈련에 들어갈게요."

"고차원이요?"

"트레이닝센터에 수영장이 있던가요?"

"있지요."

"그곳으로 갑시다."

케빈은 차를 돌려 수영장으로 향했다.

*   *   *

수영장에 도착한 그녀는 다짜고짜 그를 다이빙대에서 확 밀어버렸다.

"어, 어어어!"

풍덩!

엄청난 깊이의 다이빙 풀은 잠수 장비를 착용하고 들어가도 충분할 정도이다.

그런 다이빙대에서 잘못 떨어지면 자칫 사고를 당할 수도 있었다.

"푸하! 당신 미쳤어요?!"

"괜찮아요? 안 다쳤죠?"

"갑자기 이게 무슨……."

"그럼 이제 내가 뛰어야 할 차례인 것 같네요."

"뭐, 뭐요?!"

잠시 후, 그녀는 정말로 나이빙대에서 몸을 날렸다.

"꺄아아악!"

풍덩!

이윽고 그녀는 물에 깊이 잠겨 버렸고, 더 이상 수면 위로 떠오르지 않았다.

"제기랄!"

그는 재빨리 아래로 내려가 그녀를 구해내기 위해 잠영을 시작했다.

꼬르르륵.

약 30초 정도 아래로 내려가니 눈을 꼭 감은 그녀가 점점 땅바닥을 향해 가라앉고 있었다.

케빈은 멀어지는 그녀에게로 다가가 의식을 확인해 보았다.

하지만 그녀는 기절해 버린 것 같았다.

그녀를 두 팔로 안은 그는 구조 수영으로 풀장을 빠져나와 다시 한 번 의식을 확인했다.

짝짝!

"일어나요! 이봐요!"

재빨리 구조 호흡에 들어간 그는 투하가 정신을 차릴 때까지 인공호흡을 실시했다.

잠시 후, 그녀가 불현듯 눈을 떴다.

"후우, 죽을 뻔했네."

"지금 뭐 하는 겁니까?! 이러다 죽으면 어쩌려고."

"괜찮아요. 난 전직 수영선수 출신이거든요."

"뭐, 뭐요?"

"단지 당신이 내 계획을 실행할 수 있을지 없을지 시험해 보고 싶었을 뿐이에요."

이윽고 그녀는 다짜고짜 그의 뺨을 한 대 거칠게 후려쳤다.

짜악!

"어, 어억!"

"그리고 이건 아까 맞은 것에 대한 복수요."

"……."

넋이 나가 버린 그를 뒤로한 채 그녀는 수영장을 빠져나갔다.

그런 그녀의 얼굴에는 미소가, 그의 얼굴에는 망중한이 걸려 있었다.

*   *   *

5주 후, 케빈은 혹독한 훈련을 거쳐 무려 30㎏이나 감량하는 데 성공했다.

이제 그는 당장 속옷모델로 데뷔해도 될 정도로 매끈하고 탄탄한 몸을 갖게 되었다.

그로 인하여 아주 강렬한 인상의 쾌남인 원래 뚜쟁이 케빈으로 돌아올 수 있었다.

깔끔한 최고급 슈트에 요즘 최신 유행한다는 포마드 스타일로 깔끔하게 마무리한 그가 거울 앞에 섰다.

"어때요? 봐줄 만합니까?"

"뭐, 그럭저럭?"

이윽고 그는 미용실 앞에 서 있는 슈퍼카에 시동을 걸었다.

부르르릉!

"오호, 소리 좋군."

"아마 이 정도면 그 여자라도 충분히 관심을 가질 거예요. 우리 회장님께서 직접 구하신 물건이거든요."

"그래요. 이런 스포츠카라면 당연히 호감을 살 수 있겠군요."

차에 올라탄 그에게 그녀가 신분증과 통장을 하나 건넸다.

"그리고 이건 그 여자를 꿰어내기 위해 필요한 착수금이요. 남으면 가져요."

"알겠습니다."

이제 모든 교육을 마친 그는 임무를 수행하기 위해 미국 서부로 향했다.

*　　　*　　　*

미국 비버리힐즈.

이곳은 세계 최고의 갑부들이 사는 동네다.

수억 달러를 호가하는 최고급 빌라와 대저택이 즐비한 이곳은 출신 성분까지 따지는 아주 깐깐한 부자들의 요람이다.

하지만 개인 공간을 아주 철저하게 지키기 때문에 사생활 침해를 당할 일은 전혀 없다.

그런 비버리힐즈의 한 사거리 교차로 앞.

강렬한 붉은색 스포츠카가 신호를 기다리고 있었다.

싱그러운 햇살을 즐기기 위해 드라이브를 나온 스포츠카의 차주는 아주 도도하게 선글라스를 벗어 자신의 가슴에 꽂아 넣었다.

그녀의 그런 도도한 매력에 주변 남자들이 힐끔힐끔 쳐다

보았다.

"훗, 예쁜 것은 알아가지고."

아주 독선적이고 도도한 것이 여자의 가장 큰 매력이라고 생각하는 그녀의 마인드는 '여왕벌'이다.

여왕벌처럼 모든 남자가 자신을 떠받들어야 한다고 생각하는 것이다.

그런 이기주의 때문에 어린 시절엔 참으로 많은 고생을 했지만 지금은 억만장자가 되었다.

남자들 위에 군림하던 그녀는 항공기 기술자를 등쳐먹고 단숨에 그 재산을 가로챘다.

지금은 아주 호화로운 삶을 즐기면서 살 수 있을 정도로 엄청난 자산가가 되었다.

물론 앞으로 그 호화로운 삶을 계속 즐기자면 또 다른 먹이를 찾아서 이동해야 할 것이다.

"훙훙훙!"

콧노래를 부르며 서 있는 그녀의 차에 묵직한 진동이 느껴졌다.

쿠웅!

"어, 어멋!"

수백만 달러짜리 스포츠카를 누군가 뒤에서 들이받은 것이다. 그것은 보통 상당한 타격으로 다가왔다.

이내 차에서 내린 그녀는 한껏 상기된 얼굴로 뒤차의 차주를 찾았다.

"이봐요!"

이윽고 차에서 내린 그는 일단 고개를 숙였다.

"어이쿠, 미안합니다. 내가 잠시 딴생각을 하는 바람에……."

순간, 그녀는 굳어 있던 표정을 살며시 풀었다.

그의 차가 자신의 차보다 무려 열 배는 비싸고 귀한 것이었기 때문이다.

만약 이 차의 가치를 돈으로 환산한다면 삼천만 달러 이상으로 어쩌면 프리미엄이 붙어 그보다 더할 수도 있었다.

세계에서 단 일곱 대밖에 생산되지 않은 수제 스포츠카인 이 차량은 아무에게나 인도하지 않는 것으로 유명했다.

그렇기 때문에 그 프리미엄이 차량의 유명세에 힘을 보태주었다.

지금은 이 차를 돈 주고도 구할 수 없어 마치 동화에나 나올 법한 차량처럼 되어버렸다.

그녀는 미소를 지으며 그를 나무란다.

"어머나, 조심 좀 하시죠. 놀랐잖아요."

"미안합니다. 수리비는 저에게 청구하시고 지금 당장 저와 함께 병원으로 가시죠. 제가 잘 아는 전문가가 있습니다. 사고로 인한 외상이나 후유장애에 대해 명성이 자자하지요. 제가 모시겠습니다."

"아니요. 그럴 필요까지는 없는데……."

"아닙니다. 그래도 사람이 다쳤을 수도 있는데 그건 예의가 아니지요. 갑시다."

이윽고 그가 전화를 걸자 어디선가 헬기가 날아와 그를 찾았다.

다다다다다다!

"이곳에 차를 실어 가시지요."

"헤, 헬기에 차를……."

"허가된 전용기입니다. 걱정 마십시오."

그녀는 속으로 탄성을 내질렀다.

'뭐야, 이 남자?'

엄청난 부티가 흐르는 이 남자, 심지어 생긴 것까지 봐줄 만하다.

그녀는 이 남자에게 뜯어먹을 돈이 얼마나 있는지 모르지만 오늘 건 수 하나 잡았다고 생각했다.

*   *   *

미국 존스홉킨스대학병원.

줄리아는 이바노파 체르노브파라는 여자에게 진찰을 받고 있다.

그녀는 MRI와 CT 등의 정밀검사를 통해 상태를 진단하곤 결론을 내렸다.

"일단 외상은 없네요. 하지만 후유증이 생길 수도 있으니 그때는 병원을 다시 한 번 찾아오세요."

"네, 알겠습니다."

이윽고 그녀는 고개를 돌려 케빈을 바라보며 말했다.

"어쩌다 이런 사고를 내셨어요?"

"사업적으로 생각할 게 많아 머리가 좀 아팠거든요. 아마도 잠시 넋이 나갔던 것이 아닌가 싶어요."

"당신답지 않네요."

"요즘 일이 바빠서 말입니다. 아무튼 진료 고마워요."

"후후, 뭘요. 나중에 저녁이나 사세요."

"좋지요. 제가 따로 연락드리겠습니다."

"네, 살펴 가세요."

두 사람은 아주 가까운 사이로 보였는데, 여자의 학위는 생각보다 더 대단했다.

의학에 대해 잘 모르는 줄리아이지만 그녀가 가진 학위증명서와 각종 상장이 적어도 진짜라는 것쯤은 알 수 있었다.

그런 그녀와 막역한 사이라니, 아까 본 그 부티가 진짜라는 것에 이견이 있을 수 없었다.

'오호라, 물건 하나 건졌군.'

그녀는 그에게 급격히 호감이 생겨 버렸다.

"오늘 뭐 하세요?"

"중요한 계약이 있어서 몬트리올에 가봐야 합니다."

"으음, 그래요?"

"무슨 일이십니까? 제가 보상을 해드려야 할 문제가 더 남았습니까?"

"그냥 술이나 한잔하자고요."

미소를 머금은 그녀의 유혹이었지만 그는 예상외로 아주 담담하게 거절했다.

"미안합니다만, 오늘은 제가 스케줄이 꽉 차 있어서요. 앞으로 일주일 동안은 시간을 낼 수 없을 것 같네요."

"아, 그래요?"

일주일 동안 시간이 없다는 핑계는 그녀가 뭇 남성들에게 귀찮아서 둘러대던 전형적인 레퍼토리다.

'…이 새끼가?'

그녀는 아무래도 이 남자가 흔히 말하는 철벽남일 수도 있겠다는 생각이 들었다.

그래도 자존심이 있지 그녀는 여기서 포기할 수 없었다.

"그럼 다음 주는 어때요?"

"그때는 확답을 드릴 수 없기에……."

"그래서 약속을 잡는 거잖아요. 안 그래요?"

"흐음, 그건 그렇지요."

"그럼 정한 걸로 알게요. 다음 주 월요일에 저랑 술 한잔해요. 알겠죠?"

"이, 이봐요."

"그럼 전 이만."

과연 이 약속이 지켜질지 의문이지만 저런 칼 같은 성미를 가진 남자라면 반드시 연락이 올 것이다.

만약 연락이 오지 않는다면 자신이 하면 그만이니 걱정할 필요는 없었다.

3장

시작과 끝

한가로운 일요일.

케빈은 플로리다 해변에 누워 있었다.

휘이이잉!

"후우, 좋군."

별장의 마당 가로수에 해먹을 묶어놓고 누워 있자니 그야 말로 천국이 따로 없었다.

게다가 지금은 비가 오기 직전이라서 햇빛도 그리 강하지 않았다.

이럴 때 가만히 누워서 망중한을 즐긴다면 진짜 해변의 진가를 발견할 수 있다.

불어오는 바람을 만끽하고 있는 그에게 전화가 한 통 걸려
왔다.

따르르르릉!

[목표물]

그는 실소를 흘렸다.

"쳇, 꼴에 자존심은 있어가지고."

케빈은 이내 전화를 뒤집어 버리곤 다시 망중한에 젖어들
었다.

하지만 이내 다시 전화가 울려 정신을 어지럽혔다.

지이이이잉!

[목표물]

그는 짜증 섞인 표정으로 전화를 자동응답기로 돌려 버렸
다.

"귀찮게 하는군. 은근히 질긴 구석이 있네."

케빈은 지금 일부러 그녀의 전화를 피하고 있었다. 이것은
그녀가 자신에게 더욱 안달이 나게끔 만드는 작업이다.

자존심이 강한 여성일수록 나쁜 남자처럼 다뤄줘야 한다는 것을 그는 너무나 잘 알고 있었다.

  때문에 지금 일부러 전화를 받지 않고 있는 것이다.

  아마 지금처럼 조금씩 낚싯줄을 조였다 풀었다 반복하면 일주일 내에 문자라도 한 통 더 올 것이 분명했다.

  그는 이대 다시 눈을 감고 망중한에 빠져들었다.

  일주일 후, 그는 먼저 그녀에게 전화를 걸었다.

  뚜우—

  신호가 간 지 약 40초 후, 그녀는 자동응답기로 넘어가기 직전에 전화를 받았다.

  —네, 여보세요?

  "안녕하십니까? 저번에 명함을 드린 케빈입니다."

  —아, 네. 어쩐 일이시죠?

  "다름이 아니라 부재중 통화 이력이 남아 있기에 연락드린 겁니다. 혹시 무슨 문제라도 생긴 것인지요?"

  —아니요, 딱히 그런 것은 아니고, 그냥 약속 확인 차 연락드렸어요.

  "으음, 약속이라……. 그때 말씀하신 그것 말입니까?"

  —네, 그래요. 저는 한 번 내뱉은 말은 꼭 지켜야 하는 성미거든요.

그는 연신 낮은 신음을 흘린다.

"흠. 제가 요즘 유난히도 바빠서 말입니다. 저녁만 먹고 헤어지는 것이라면 괜찮습니다만, 그건 예의가 아닌 것 같아서요."

—그럼 밤에 만나도록 하죠. 술이나 간단히 하면서요.

"술이라……. 괜찮네요."

신이 난 그녀는 당장 약속 장소를 정했다.

—LA 시가지에 제가 잘 아는 술집이 있어요. 어때요?

"좋습니다. 그럼 그때 뵙도록 하지요."

이윽고 전화를 끊은 케빈은 본격적인 작업에 착수하기로 했다.

*　　*　　*

미 국방부에서 퇴역 전투기를 수출한다는 공고가 붙었고, 그 중개업자로 제이슨 스타티어가 선정되었다.

퇴역 전투기 한 대를 판매하면 떨어지는 공식 페이는 3% 내외이다.

하지만 그것은 미 국방부에서 제이슨 스타티어에게 지급하는 금액만 따진 것이다.

여기서 화수는 그에게 10%를 더 증여하게 되며, 그것은 실제적으론 아무도 아는 사람이 없는 비밀 자금이다.

그러니까 그는 아무도 출처를 모르는 눈먼 돈을 챙겨 비자금을 축적하는 등으로 사용할 수 있게 되는 것이다.

아마도 그가 화수에게 거래를 하고자 한 것은 이런 눈먼 돈을 최대한 많이 만들어놓기 위함으로 보였다.

미 국방부에서 퇴역 전투기 판매를 위해 나온 시몬 스튜어트 대장이 장관을 대신하여 서류에 서명했다.

이번 1차 전투기 인도에 들어가는 물량은 총 다섯 대로 나머지는 점차적으로 화수에게 인도될 예정이다.

또한 내부 사정에 의해 스무 대 이상부터는 수출에 제한이 있을 수도 있다는 조항이 들어가 있었다.

"퇴역한 전투기이긴 하지만 잘 다뤄주십시오. 오래된 기계에는 영혼이 있다고 하지 않습니까?"

"알겠습니다. 잘 관리해서 새로운 주인을 만날 수 있도록 최선을 다하겠습니다."

전투기를 퇴역시키는 미군이지만 이 전투기들이 밖에서 물의를 일으키는 일을 원하지는 않을 것이다.

그렇기 때문에 계약서에는 전투기를 부당 사용하는 경우엔 전투기를 전량 회수한다는 조항이 들어 있었다.

하지만 이 전투기를 개량해서 판매하는 데 제한을 둔다는 조항은 어디에도 없었다.

그러니까 화수가 이 전투기를 알카에다 같은 테러조직에게 넘기지만 않는다면 문제될 것은 아마 없을 것이다.

마지막으로 화수는 미국의 감시하에 전투기를 수주하고 개조할 수 있다는 조항에 서명했다.

이것으로 이제 화수는 미국의 감시를 전면적으로 받아들인 것이 되었다.

서류에 서명한 두 사람은 자리에서 일어나 악수를 나누었다.

"아무쪼록 구매해 주셔서 감사드립니다."

"별말씀을요."

화수가 알아서 한국까지 전투기를 인도해야 한다는 조항이 있기 때문에 사실상 이제부터 전투기는 미군의 손을 완전히 떠났다고 할 수 있었다.

화수는 계약을 마치자마자 한국으로 전투기를 보낼 수 있는 배편을 수소문했다.

*   *   *

배에 싣는 물건이 위험하거나 비쌀수록 해상보험에 들어가는 가입 금액이 높아지게 마련이다.

다행히도 전투기의 공시가는 그렇게 높은 편이 아니었기

때문에 일반 화물과 비슷한 가격으로 책정되었다.

미국에서 한국으로 돌아가는 배 한 척을 구한 화수는 이곳에 전투기를 모두 싣고 돌아가기로 했다.

이번에 화수가 비행기를 구매한 것은 오로지 전시나 개량, 부품 해체 등을 위한 것으로 알려졌다.

때문에 미국 언론은 그렇게까지 큰 관심을 쏟지 않았다.

다만 한국을 비롯한 동북아 지역에선 이 비행기를 과연 어떻게 사용할지에 대해 상당히 민감하게 반응하는 듯했다.

특히나 북한이나 일본은 다소 이해관계가 복잡하게 얽혀 있는 한국계 기업에서 전투기를 구매한다는 것을 달갑지 않게 여기고 있었다.

하지만 이미 이것을 공식적으로 전투화한다는 조항은 없기 때문에 딱히 법적인 재제를 가할 수는 없었다.

화수는 전투기들을 부산항으로 들여와 다시 울진으로 옮겼다.

울진에서 강원도 태백에 위치한 작업장으로 다시 옮긴 비행기는 높이 40미터에 총 면적 15만 평 규모의 격납고에 적재되었다.

이곳에 마도학 장비들을 가져다 놓고 비행기를 개조하는 실험을 진행한 후 그것을 첨단 장비 운영 체제에 맞게 개편하는 작업이 진행될 예정이다.

화수는 장비를 모두 마련한 후, 꽃뱀 처리가 어떻게 돌아가고 있는지 확인해 보았다.

"가능성은 얼마나 되는 것 같습니까?"

그의 질문에 베네노아가 자신에 찬 목소리로 말했다.

—99%쯤 됩니다.

"1%는 어떤 상황을 가정한 겁니까?"

—천재지변입니다. 토네이도가 불어 미국이 초토화되지 않는 한 절대 문제없을 겁니다.

"으음, 그렇다면 다행이고요."

—적어도 이번 주 안에는 결판이 날 겁니다.

"그렇게 빨리 결판이 날 수 있는 문제입니까?"

—남녀관계라는 것은 알다가도 모를 문제이지만, 그것을 결정짓는 데 그리 오랜 시간이 걸리지는 않을 겁니다. 또한 그녀가 불행해지는 것이 조건이었으니 빈털터리만 만들면 되는 작업 아닙니까?

"뭐, 그건 그렇지요."

—그녀가 거리로 내몰리게 되면 조건은 클리어되는 셈이니 오히려 일이 더 쉽게 풀리겠지요.

일이야 어찌 되었든 한 사람의 인생을 망친다는 것은 썩 유쾌한 일은 아니다.

—일말의 자비는 베풀어야 할까요?

케빈의 말에 화수는 고개를 가로저었다.

"인과응보입니다. 언젠가는 정신을 차려야 할 여자이니 차라리 잘되었다고 생각하십시오."

말은 그렇다 하더라도 조금은 마음이 무거워졌다.

*　　　*　　　*

LA 시가지에 위치한 고즈넉한 술집에 케빈과 줄리아가 마주 앉아 술잔을 기울이고 있다.

그녀는 케빈에게 급격한 호감을 보이고 있었다. 아마도 그가 생각보다는 매너가 좋은 남자이기 때문일 것이다.

케빈은 오늘 약속에 전념하기 위해 차를 놓고 자신의 전용기로 그녀를 이곳까지 데려왔다.

더군다나 이 술집은 오늘 그의 이름으로 통째로 대절했기 때문에 두 사람을 방해하는 잡음은 일체 존재할 수가 없었다.

"한잔하시죠."

"네."

팅!

잔을 부딪친 두 사람은 향긋한 진토닉을 단숨에 마셨다. 그리고 케빈은 그녀가 먹기 좋도록 올리브를 꼬치에 끼워 건넸다.

"드시죠."

"어머, 고마워요."

동양권, 특히나 한국에선 이렇게 서로에게 음식을 먹여주는 문화가 꽤나 깊이 자리 잡고 있다.

이것은 그 옛날 선조들이 서로 음식을 나누어 먹던 습관에서 비롯된 것인데, 서양인에겐 쌈을 싸주는 일 등이 상당히 낯선 일이다.

두 사람 모두 서양인에 한국에는 가본 적도 없기 때문에 먹여주는 문화엔 익숙하지가 못했다.

그 때문에 그녀에게 그의 행동은 조금 더 호감으로 다가왔다.

케빈은 본격적으로 둘만의 이야기를 시작했다.

"그때 비버리힐즈에는 무엇 때문에 서 있었습니까? 집에 돌아가는 중?"

"근처에 집이 있어요. 그래서 동네로 나와 드라이브나 할 생각이었지요."

"내가 당신의 취미생활을 방해한 꼴이 되었네요. 미안합니다."

"후후, 아니요. 괜찮아요. 그 대신에 이렇게 술까지 얻어 마시고 있잖아요."

"사고를 냈으니 술을 사는 일쯤은 당연하다고 생각합니다.

그게 사람의 도리고요."

그녀는 고개를 갸웃거렸다.

"그런데 당신은 왜 그렇게 도리나 경우에 집착하는 거죠? 그런다고 누가 상이라도 줘요?"

"상은 주지 않지만 인생을 사는 데 도움은 됩니다. 내가 베푼 만큼 언젠가는 돌아옵니다. 뿌린 대로 거둔다. 미국에선 꽤나 유명한 말 아닙니까?"

"뭐, 그건 그렇지만……."

사도 바울이 한 이 말은 미국인은 물론이고 전 세계인이 즐겨 사용하는 격언이기도 하다.

케빈은 그녀에게 자신이 할 수 있는 최선을 다할 것이고, 그것이 사고의 대가가 된다면 충분히 추후에 보상을 받을 것이라는 마인드를 대변한 것이다.

그녀는 그의 이런 마인드가 아주 마음에 들었다.

꽃뱀에게 경우가 밝은 사람이란 등쳐먹기 가장 좋은 사람이라는 소리이기 때문이다.

매너가 좋고 사람을 무조건 신뢰하는 쪽으로 마인드가 굳어진 사람, 그야말로 그녀에겐 노다지나 다름없었다.

술을 한잔 마신 그녀는 겉옷을 벗어 자신의 몸매를 유감없이 드러냈다.

"후우, 덥군요."

"크, 크흠!"

소싯적 모델로 활동했을 정도로 몸매가 명품인 그녀는 지나가는 사내들의 시선을 사로잡았다.

아마 이번에도 그녀의 몸매가 그의 시선을 사로잡은 모양이다.

'후후, 걸렸군.'

긴 생머리를 좌측 어깨로 가지런히 모았다가 이내 뒤로 젖혀 살짝 부는 바람에 머리가 흩날리도록 했다.

그러자 머리가 나풀거리면서 마치 비단이 바람을 타고 흔들리는 것처럼 보였다.

케빈은 연신 헛기침을 하면서 술잔을 기울였다.

"크흠, 크흠!"

"왜 그래요? 어디 불편한 곳이라도?"

그는 어색한 미소를 지으며 말했다.

"이런 말씀 드리긴 참으로 외람됩니다만……."

"무슨 일이신데요?"

"저, 저기……."

케빈이 손가락으로 가리킨 곳은 겨드랑이 부분으로 티셔츠에 구멍이 나 있었다.

"어, 어머나!"

"이걸 도대체 어떻게 말씀드려야 하나 싶어서……."

"죄, 죄송해요! 이상하네. 분명 조금 전까지만 해도 괜찮았는데……."

"아닙니다."

그는 겨드랑이에 구멍이 나 있어서 몹시도 당황했던 모양이다.

그것도 모른 채 몸매를 뽐내느라 정신이 없던 그녀는 수치와 모멸감에 얼굴을 들지 못했다.

'이런 제기랄!'

태어나 이런 굴욕을 겪어본 적이 있을까?

그녀는 고개를 푹 숙인 채 술잔만 기울였다.

*   *   *

케빈은 도대체 이 여자의 어떤 부분이 좋아서 사람이 그렇게까지 미쳐 있는지 이해할 수 없었다.

그가 보기에 줄리아는 도도하고 세련되긴 했지만 그 이상의 매력이라곤 찾아볼 수가 없었다.

이런 여자에게 돈을 뜯겨 알거지가 되었다는 것 자체가 이해하기 어려웠다.

'호구도 그런 상호구가 없군. 도대체 얼마나 멍청하면 이런 여자에게…….'

적어도 프로는 상대를 혼란시킬 때 그만한 준비를 해야 하는 법이다.

하다못해 동네 슈퍼마켓에서 장을 보는 유부녀를 꾀어낼 때에도 철저히 준비하는 것이 이 바닥 프로의 정신 상태다.

그런 의미에서 그녀는 아마추어 중의 아마추어이며 하수 중의 하수인 셈이다.

이제 그는 본격적으로 그녀를 요리해서 요단강 구경을 시켜줄 생각이다.

"혹시 샴페인 좋아하십니까?"

"샤, 샴페인이요?"

근처 멀티숍에서 티셔츠를 공수해 선물한 그는 그녀에게 최고급 코스로 접대할 생각이다.

"이곳에서 이럴 것이 아니라 바다로 나갑시다."

"갑자기 무슨 바다를……."

"기왕지사 술을 마실 것이라면 바다에서 배를 띄워놓고 마셔야지요. 안 그렇습니까?"

"하, 하긴 그건 그렇지요. 아, 아하하하!"

웃는 모습도 어색하기 짝이 없는 이런 여자에게 무슨 고단수의 비밀이 숨어 있다는 것일까?

그는 끝까지 한번 그녀를 몰고 가보기로 했다.

말리부 해변에 배를 띄운 그는 낚시로 직접 잡은 생선을 그 자리에서 손질하여 샴페인과 함께 곁들여 먹기로 했다.

일본 야쿠자들에게 배운 그의 칼질은 현지인들조차 감탄할 정도로 정교하고 부드러웠다.

또한 손이 차가운 편이라 회를 뜨는 데 아주 최적화된 몸이라고 할 수 있었다.

그는 회에 레몬즙을 뿌리고 그녀에게 샴페인 잔을 건넸다.

"한잔하시죠. 샴파뇽 지방에서 직접 공수한 진짜 샴페인입니다."

"와, 회까지 뜰 줄 아세요?"

"소싯적에 잠시 배운 적이 있습니다. 맛이 괜찮을지 모르겠네요."

"좋아 보여요!"

두 사람은 이내 잔을 부딪쳤다.

팅!

톡 쏘는 샴페인의 풍미에 회가 어우러져 환상의 식감을 자아낸다.

"으, 으음! 좋네요!"

"아마 바다에서 갓 잡아 비린내가 전혀 나지 않을 겁니다. 더군다나 샴페인과 잘 어울리기도 하고요."

"그러게요."

다른 것은 모르겠지만 그녀는 음식을 맛있게 먹는 데 천부적인 재능이 있는 것 같았다.

그녀는 음식을 내준 사람이 흐뭇해할 정도로 맛있게 회를 먹어치웠다.

'그래, 먹는 것 하나는 잘 먹네.'

여자들이 가장 크게 착각하는 것 중 하나가 바로 잘 먹는 여자는 매력이 없어 보일 수 있다는 것이다.

하지만 오히려 복스럽게 잘 먹는 여자가 남자에게 자신의 매력을 어필할 수 있다. 첫 만남에서 깨작깨작 포크질만 하고 있다면 십중팔구 매력이 반감될 것이 분명했다.

그런 면에 있어서 그녀는 합격점을 받았다고 할 수 있었다.

하지만 뭐가 어찌 되었든 그녀는 여자로 보아야 할 상대가 아니니 매력 따윈 상관없는 케빈이다.

이제 그는 그녀와 맺기 위한 마지막 카드를 뽑아 들었다.

*   *   *

우르릉, 콰앙!

비가 오는 말리부 해변.

넘실거리는 파도를 타고 케빈의 요트가 아슬아슬하게 항해를 거듭하고 있다.

"한 잔 더 하시지요."

"아, 네."

이제 항해에 대한 두근거림은 오히려 두려움으로 변하여 그녀를 옥죄여 오고 있었다.

심지어 이 남자에 대한 호감이 두려움인지 두근거림인지 도무지 가늠할 수 없을 정도이다.

바로 그때였다.

엄청난 크기의 파도가 요트를 강타하여 선체가 좌측으로 심하게 기울었다.

꿀렁!

콰앙!

"꺄악!"

그 충격으로 인하여 그녀는 창밖으로 튕겨져 나가 검고 깊은 망망대해에 빠져버렸다.

풍덩!

깊은 심해로 가라앉는 도중, 그녀의 뇌리로 엄청나게 많은 생각이 스치고 지나갔다.

지금까지 그녀가 살아온 인생에 대한 고찰부터 시작하여 진정한 사랑은 있었는지에 대한 것이다.

'난… 악이다.'

그녀는 자신이 악하게 살아왔다고 생각했다.

현재 자신이 누리고 있는 모든 것은 전부 한 남자에게서 빼앗아온 것이고, 그의 행복을 한순간에 절망으로 바꾸어 버렸다.

아마도 이 죗값은 평생 씻지 못할 멍으로 남아 그녀를 괴롭힐 것이다.

그 사실을 너무나도 잘 알고 있는 그녀이지만 속죄할 수 있는 길이 없다는 것이 못내 답답했다.

'그래, 죽어서 지옥에 가겠지.'

남자에게서 또다시 돈을 뜯어내기 위해 배에 올랐고, 그 때문에 이런 말도 안 되는 최후를 맞게 되었다.

그녀는 이렇게 죽는 것이 자신의 숙명이라고 생각했다.

'지옥에 가선… 착하게 살아야지.'

그녀가 처음으로 남자를 등쳐먹을 때 그녀는 스스로 유황불구덩이에 빠져 죽을 것이라고 생각했다.

그리고 그렇게 된다고 해도 어쩔 수 없다고 다짐하기도 했다.

하지만 막상 죽음을 맞이하려니 눈앞이 캄캄했다.

'사, 살고 싶어!'

바로 그때였다.

풍덩!

그녀의 앞으로 한 줄기 빛이 비추면서 한 남자가 모습을 드러냈다.

'천사?'

지금 그녀의 눈앞에 있는 존재는 분명 천사가 틀림없었다.

천사에게 몸을 맡길 때쯤, 그녀는 이내 정신을 잃고 말았
다.

*　　*　　*

말리부 해변에 위치한 한 종합병원.

줄리아가 병실에 누워 수액을 맞고 있었다.

그녀는 넋이 나간 표정으로 천장을 바라보고 있었다. 케빈
은 그녀의 상태에 대해 전해 들었다.

"직접적인 외상이나 내상이 있는 것은 아닌 것 같으니 조
금 더 지켜보시지요."

"알겠습니다."

의사를 보낸 케빈은 그녀에게 다가가 말을 걸었다.

"이봐요. 괜찮아요?"

"……."

아무런 대답이 없는 그녀.

그는 자신의 무모한 계획 때문에 한 사람이 불구가 된 것은
아닌가 싶었다.

'괜히 이 일을 맡는다고 했나?'

지금까지 보스가 시킨 일에 대해 한 번도 불가능이라는 단어를 떠올린 적이 없는 그로선 패러독스에 걸릴 만한 일이다.

가만히 그의 눈을 바라보던 줄리아가 이내 그의 손을 잡았다.

"줄리아?"

"나, 난……."

드디어 말문을 연 그녀, 케빈은 그녀에게 조금 더 앞으로 다가갔다.

그리고 그녀의 말에 귀를 기울이려는 순간, 그는 자신의 입술에 느껴지는 촉촉한 감촉에 화들짝 놀랐다.

'허, 허억!'

너무나 놀란 나머지 그녀의 어깨를 밀어내려 했지만 그녀는 안간힘을 쓰며 그를 잡아끌었다.

"우, 우웁!"

"끄응!"

마치 잃어버린 부모를 찾은 아이처럼 젖 먹던 힘까지 다 쥐어짜며 그를 끌어당기고 있었다.

그로선 처음 겪어보는 일로 당혹스러움을 감출 길이 없었다.

가까스로 그녀를 떼어낸 케빈은 자신도 모르게 뒷걸음질

을 치고 말았다.

"왜, 왜 이러는 겁니까?"

"나, 난······."

"이러지 맙시다. 저에게 왜 이러는 겁니까?"

순간, 그녀는 재빨리 케빈의 옷깃을 잡았다.

"가, 가지 말아요."

"뭐요?"

"가지 말라고요. 나, 나를 버리지 말아요."

케빈이 보기에 그녀는 이미 정신을 놓아버린 것 같았다.

아마도 일시적인 쇼크로 인해 머릿속이 복잡해져 생긴 현상으로 생각되었다.

하지만 그 손길이 너무나 간절해서 그는 더 이상 어쩔 도리가 없이 그 자리에 멈추어 서고 말았다.

"여기에 그냥 있으면 되는 겁니까?"

"네······."

그는 어쩔 수 없이 자리에 앉아 그녀의 곁을 지켰다.

*   *   *

이틀 후, 뇌에 아무런 이상이 없다는 판정을 받은 줄리아는 퇴원했지만 여전히 그를 놓아주지 않았다.

마치 그가 자신의 전부가 된 양 잡은 손을 놓지 않았다.

그는 비버리힐즈로 그녀를 바래다주면서 이제 그만 이별을 고하려 했다.

"가시죠."

"…싫어요."

"그럼 어쩝니까?"

"저와 함께 가요."

"뭐요?"

"저와 함께 가자고요. 내가 당신이 원하는 것이라면 무엇이든 다 들어줄 테니 나와 함께 가요."

순간, 그는 이것이 과연 고도의 전술인지 아니면 진심인지 헷갈리기 시작했다.

"만약 내가 싫다면 어쩔 겁니까?"

"…상상하기 싫어요."

"그래도 만약 내가 싫다면……."

바로 그때였다.

아무런 징후도 없이 차에서 내린 그녀는 쌩쌩 달리는 도로로 달려가 몸을 날렸다.

빠앙!

"이, 이런 제기랄!"

재빨리 차문을 열고 밖으로 나온 그는 그녀를 도로 밖으로 밀쳐내려 했지만 시간이 촉박했다.

끼이이익!

"아, 안 돼!"

콰앙!

엄청난 마찰음이 도로를 가득 채우고 있었지만 여전히 그녀는 그 자리에 서 있었다.

전속력으로 달려오던 차량이 그녀가 뛰어든 것을 보고 급격히 핸들을 튼 것이다.

한마디로 운전자는 자신을 희생하여 그녀를 살려준 것이다.

재빨리 운전자를 향해 달려간 케빈은 그의 생사를 확인했다.

"이봐요! 괜찮아요?!"

"으윽, 아직 죽지는 않은 것 같네요. 어서 911을 불러주세요."

"네, 그래요!"

그는 차에서 그를 빼낸 후 즉시 911 긴급구조대에 전화를 걸었다.

잠시 후, 경찰차와 함께 구급차가 도로로 달려와 사고를 당한 남자를 이송했다.

그리고 아직도 그 자리에 덩그러니 남아 있는 그녀에게 다가가 자초지종을 물었다.

"목격자 되십니까?"

"……."

"선생님?"

아무런 대답이 없는 그녀. 케빈은 어쩔 수 없이 그녀를 변호하기로 했다.

"이 여자가 잘못해서 길을 막아 사고가 일어난 것 같습니다."

"으음, 그래요?"

"하지만 고의가 아니었으니……."

가만히 입을 닫고 있던 그녀가 케빈을 바라보며 말했다.

"거짓말. 고의 맞잖아요."

"주, 줄리아?"

"당신이 나를 버리고 간다고 해서 내가 차도에 뛰어든 거잖아요."

순간, 경찰과 구급대원, 심지어 사고를 당한 운전자까지 모두 아연실색해 케빈을 바라보았다.

그는 당혹스러운 마음에 고개를 내저었다.

"그, 그러니까… 이것은……."

"선생님, 함께 가서서 진술을 좀 해주서야 할 것 같습니다."

"……."

그녀는 여전히 말이 없었고, 그는 어쩔 수 없이 경찰서로 동행할 수밖에 없었다.

* * *

두 사람의 과실이 극히 일부 인정되긴 했지만 그렇다고 명백한 치사 혐의가 있는 것은 아니었다.

때문에 두 사람은 사건에 대한 경위만 진술하고 곧장 경찰서를 나올 수 있었다.

비버리힐즈로 돌아가는 길, 그는 그녀를 나무라듯 말했다.

"도대체 나에게 왜 이러는 겁니까? 내가 호감이 있어서 바다에 갔다가 사고가 난 것은 미안하지만⋯⋯."

"하루만, 딱 하루만 같이 있어줘요. 부탁이에요."

"허, 허참!"

처음엔 보스의 부탁 때문에 그녀의 곁에 머물까도 생각했지만 시간이 길어질수록 일이 복잡해질 것 같다는 생각이 들었다.

"이봐요, 난⋯⋯."

"그리 어려운 일인가요? 남자가 여자의 집에 하룻밤 머물러 주는 일이 말이에요."

"⋯⋯."

어찌 보면 이미 목적은 다 이룬 셈이니 하루를 함께 보내는 것도 나쁘지는 않다는 생각이 들었다.

"좋습니다. 그럼 함께 갑시다."

"…고마워요!"

기쁨에 눈물까지 흘리는 그녀.

만약 이것이 연극이라면 그녀는 진짜 꽃뱀의 기질을 타고 났다고 할 수 있을 것이다.

두 사람은 그녀의 집으로 향했다.

* * *

다음 날 아침, 그녀와 함께 뜨거운 밤을 보낸 케빈은 눈을 떴다.

"으음."

부스스한 얼굴로 자리에서 일어난 그는 곁에 있던 그녀를 찾았다.

"줄리아?"

아직 여명이 걷히기 전이라 그런지 주변은 여전히 어두운 상태였다.

케빈은 어둠 속에서 그녀를 찾으려 애를 썼지만 그녀는 보이지 않았다.

'설마⋯⋯.'

혹시나 하는 마음에 자리에서 일어선 그는 자신의 소지품을 찾으려 손을 뻗었다.

하지만 그의 핸드폰과 지갑이 보이지 않았다.

"이런!"

재빨리 자동차를 찾아가자 다행히도 차는 그대로 있었다.

그리고 문을 열어본 그는 차 안에 쪽지가 하나 있음을 알 수 있었다.

케빈에게.

이른 아침이 오기 전에 먼저 길을 떠나요.

내 죄를 모두 다 씻어내기 위해서는 당신의 그늘에 숨어 있을 수 없다고 생각했거든요.

저는 이제 네덜란드로 떠나요.

당신이 무엇 때문에 이 일을 시작했는지는 몰라도 나 때문에 폐인이 된 사람이 있다니 속이 좋지가 않네요.

만약 이 일이 끝나고 제가 보이지 않는다면 그냥 좋은 추억거리로 삼아주세요.

케빈은 쪽지를 바라보았다.

"후우."

분명 그녀는 자신의 돈을 돌려주려 그에게 갔을 것이다.

　그렇다면 일은 제대로 잘 끝난 것이 맞지만 어쩐지 심사는 그리 편하지가 못했다.

　가만히 차에 앉아 있던 그는 이내 차를 몰아 공항으로 향했다.

4장

영혼을 빚는 일

암스테르담의 선술집.

맥스 케인은 자신 앞에 무릎을 꿇고 앉아 있는 그녀를 바라보며 무표정한 얼굴로 물었다.

"뻔뻔하군. 감옥에 가고 싶어 나를 찾아온 건가?"

"필요하다면."

"흥! 철면피가 따로 없군."

그녀는 무릎을 꿇은 채로 자신의 통장과 신분증, 그리고 패스워드를 일시적으로 생성해 주는 OPT를 내려놓았다.

"이것만 있으면 돈을 빼는 데는 문제 없을 거야."

"너를 어떻게 믿지?"

"요즘은 인터넷이 발달했으니까 그것으로 계좌에 있는 돈을 옮기면 되지."

"흠……."

맥스는 앞에 무릎을 꿇고 있는 그녀에게 물었다.

"좋아, 그렇다면 하나만 묻지. 도대체 왜 도망갔다 순순히 돌아온 거지?"

"…사랑을 하고 싶어서."

"뭐?"

"나도 여자로서 사랑 받고 싶어졌어. 그게 이유야."

순간, 맥스는 무릎을 꿇고 있는 그녀의 뺨을 거칠게 후려쳤다.

짜악!

"큭!"

"이런 빌어먹을 년! 그게 지금 옛 애인에게 찾아와 할 소리냐?! 뭐, 사랑?!"

"하지만 사실이야. 난 너에게 사랑을 느낀 적이 없어. 미안하지만 나를 죽여도 좋아."

바로 그때였다.

쾅!

"아무리 그래도 여자를 때리는 건 좀 너무한 것 아닌가?"

"케, 케빈?!"

화들짝 놀란 그녀에게 다가온 케빈이 주먹으로 맥스의 안면을 정통으로 후려갈겼다.

퍼억!

"크헉!"

일반인과는 차원이 다른 그의 손맛을 본 맥스가 피를 철철 흘리며 바닥을 나뒹굴었다.

쿠웅!

"크윽!"

"이런 양아지 같은 새끼를 보았나. 어디 할 짓이 없어서 여자를 때리나?"

"다, 당신……!"

이윽고 케빈은 그녀를 자리에서 일으켜 세웠다.

"괜찮아요?"

"케, 케빈……."

그는 그녀에게 자신의 신분증과 등기부등본 등을 보여주었다.

"나는 당신이 생각하는 그런 화려한 사업가가 아닙니다. 그냥 여자나 후리고 다니던 뚱쟁이에 마약을 팔아서 생명을 연명하던 마피아 나부랭이지요."

"……."

"사랑이라니, 그런 말도 안 되는 감정이 나에게 통할 리가 없어요."

케빈은 그녀에게 자신의 차키를 건넸다.

"위자료라고 생각하고 당장 떠나세요. 어차피 돈은 건넸으니 할 만큼 한 것 아닙니까?"

"……."

바로 그때였다.

아무런 말도 없이 우두커니 서 있던 그녀가 갑자기 자신의 목덜미로 뾰족한 포크를 찔러 넣었다.

푸욱!

"이, 이런 젠장!"

"어, 어……!"

그녀의 목덜미에 포크가 더 깊게 들어가려는 그때 화수가 나타나 그녀의 손을 잡았다.

그리곤 포크를 빼내고 그 위에 마나코어로 만든 연고를 발랐다.

"이제 피는 더 이상 나지 않을 겁니다."

포크를 빼앗은 화수를 바라보며 그녀가 원망스러운 눈으로 말했다.

"왜요? 내가 죽으면 안 되는 이유라도 있나요?"

"이 세상에 죽어도 되는 사람이 어디 있겠습니까? 죄는 미

위해도 사람은 미워하지 말라고 했거늘, 그런 생각은 버리십
시오."

"…위선자! 당신들은 모두 다 위선자야!"

이윽고 그녀가 술집 문을 박차고 나가자 케빈은 깊은 한숨
을 내쉬었다.

"후우, 처음부터 이 일을 맡지 말 걸 그랬군."

상당히 복잡하게 꼬여 버린 이 판을 바라보던 샤넬리아가
주저앉아 있는 맥스를 일으키며 말했다.

"이쯤 하면 되었잖아? 저 여자도 이젠 제정신이 아닌 사람
이 되어버렸는데 말이야."

"그렇지만……."

"원하던 돈도 돌려받았고 여자도 폐인이 되었으니 된 것
아닌가?"

그는 복잡한 심경을 깊은 한숨으로 토해냈다.

"후우! 그래, 이쯤에서 그만하자. 저 여자를 찾아서 살려주
세요. 그럼 제가 당신을 돕겠습니다."

"좋습니다."

화수는 케빈을 바라보며 말했다.

"결자해지라고 했습니다. 기왕지사 이렇게 된 것, 당신이
마무리를 지어주시지요."

"후우, 알겠습니다."

이윽고 케빈은 술집을 나섰다.

*　　　*　　　*

케빈은 길거리를 헤매고 있는 그녀를 찾아냈다.

하염없이 길을 따라 걸어가고 있는 그녀의 곁으로 다가선 케빈이 말을 건넸다.

"이봐요, 같이 갑시다."

순간, 그녀가 표독스러운 눈으로 그를 바라보며 말했다.

"나름대로는 개과천선하려고 했어요. 하지만 당신이 모두 망쳐 버렸네요."

"애초에 시작이 잘못된 만남이었습니다. 그냥 잊어요."

"…뭐라고요?"

"단 며칠의 만남입니다. 그 안에 무슨 사랑을 느끼겠어요?"

"그런 사랑도 있어요. 로미오와 줄리엣처럼 말이죠."

"그건 픽션이에요. 사실이 아니라는 말이죠."

"…됐어요. 당신과는 이제 더 이상 할 말 없으니 이만 가주세요."

그는 그녀에게 명함을 한 장 건넸다.

[MMA 종합격투기 및 보디빌딩 체육관 Team part 전속 매니저 케빈 멕스웰]

"취직했어요. 덕분에 돈도 받았지요. 만약 당신이 속죄하고 평범한 여자로 돌아온다면 처음부터 제대로 시작하고 싶은 마음은 있습니다."

"저, 정말요?"

"대신 서로에게 쓸데없는 작업은 하지 맙시다. 통하지도 않겠지만요."

그제야 그녀는 미소를 지었다.

"조, 좋아요!"

"하지만 쉽지 않은 길이 될 겁니다. 사회라는 곳이 얼마나 각박한 곳인지 잘 알잖아요."

"괜찮아요. 당신이 곁에 있어준다면야……."

"그래요. 갑시다."

두 사람은 함께 미국으로 향했다.

늦은 밤, 화수는 맥스 케인과 함께 술을 마시고 있었다.

그가 잔뜩 취한 얼굴로 화수에게 물었다.

"당신은 사람에게 뒤통수를 맞아본 적 있어요?"

"뒤통수라……."

"이, 심장을 막 도려낼 것처럼 아픈 심정을 아느냐고요!"

술에 취해 지껄이는 말이지만 화수는 그 심정에 대해 너무나도 잘 아는 사람이다.

실제로 그는 자신의 심장이 반 토막 나 죽어버렸던 사람이니까.

게다가 그 고통은 자신이 가장 믿고 있던 사람으로 인하여 받은 것이다.

'잘 알지.'

그는 아직도 자신의 심장 부근이 따끔거리는 것 같은 착각이 일었다.

욱씬!

아마도 그때의 상처가 아직도 뇌리에 깊숙이 남아 있는 모양이었다.

화수는 애써 그를 위로한다.

"제가 자세한 심경은 잘 알 수 없겠습니다만, 저 여자도 나름 아픈 경험을 한 사람 같은데 그냥 놓아주시죠."

"제길, 안 그래도 그럴 겁니다! 하지만 속이 쓰려서 그래요!"

"이 세상에 좋은 여자는 많습니다. 그렇게 생각하면서 사세요."

"후우."

이윽고 다시 술잔을 넘긴 맥스가 화수에게 물었닷.

"그나저나 계약서는 쓰고 하는 겁니까?"

"계약서요?"

"전투기 운영 체계 말입니다. 제가 구축해 주면 얻는 것이 있느냐는 말이지요."

화수는 그의 질문에 화색이 되어 답했다.

"물론이지요. 판매 금액에 10%를 커미션으로 드리겠습니다."

"30%."

그는 정말로 화수와 일할 생각이 있는지 커미션을 조절하려 했다.

화수로선 아주 반가운 소식이지만 할 건 해야 한다.

"15%."

"20%."

"좋습니다. 그럼 20%를 커미션으로 드리지요. 이대로 계약합시다."

"뭐, 좋습니다. 한번 해보지요."

두 사람은 손을 맞잡았다.

*　　　*　　　*

전투기 운영 체계와 첨단 장비의 네트워크 시스템이 구축되고 나면 전투기를 개조하는 일은 그리 어렵지 않다.

어차피 기본적인 작업은 마나코어로 해결할 것이고, 부가 기능은 마도학으로 개발하면 되기 때문이다.

가장 먼저 화수는 기체 중에서 당장 개조가 가능한 기종을 선별했다.

대부분 70년대에 수주된 기체인 퇴역 기종은 그 노후가 심각하여 일선에서 물러난 것들이다.

수리하지 않고 그대로 사용할 수 있을 리가 없었다.

강원도 태백의 산골.

이곳에 마도학자가 모여 비행기 기체에 들어가는 부품을 일일이 분해하고 있었다.

위이이이잉!

마나코어로 만든 만능 드릴은 이제 그 크기를 자유자재로 변환시킬 수 있는 미스릴 젤라틴 소재를 사용하고 있었다.

마나코어를 장착한 사람이 룬어로 만들어진 마법진을 조작하면 그 형상이 머릿속에 그려진 형상대로 바뀌는 것이 특징이다.

덕분에 거대한 바퀴부터 정밀한 기기까지 못 풀어내는 장비가 없었다.

화수는 총 네 파트로 나눈 분해 과정을 마치는 데 약 일주일 정도를 소요할 예정이다.

작업 이틀째.

화수는 기체의 하부를 모두 뜯어내고 비행기의 심장이라고 불리는 엔진을 떼어낼 수 있었다.

그는 F—15 전투기의 개발사에서 가지고 온 도면을 바라보며 어느 부분이 마모되었는지 확인해 보았다.

"중요한 곳은 다 맛이 가버렸군. 이대로는 시동도 제대로 안 걸리겠어."

고개를 가로젓는 화수에 샤넬리아는 당연하다는 듯이 말했다.

"저들이 멀쩡한 기체를 주었을 리 만무하지."

"하긴."

그녀는 이 엔진을 그대로 사용하는 것보다는 마도학과 연금술을 접합시켜 새로 탄생시키는 것이 낫다는 판단을 내렸다.

"마나코어를 핵심으로 놓은 후에 그 겉면을 연금술로 만든 미스릴이나 오리하루콘으로 도금하면 어떨까 해."

"제트엔진을 개발할 수 있겠어?"

"후후, 100년 동안 수학과 공학만 연구한 내가 이까짓 도면 하나 완성하지 못할까 봐?"

"그래, 그건 그렇군."

찬미는 연금술이라는 새로운 분야에 대해 상당한 관심을 보였다.

"그 연금술이라는 것, 마도학자도 배울 수 있는 건가요?"

"뭐, 불가능한 일은 아니지만 깊은 성취를 느끼기엔 조금 어려움이 따르겠지?"

"그렇군요."

그녀는 찬미에게 자신의 지식을 전수하기로 했다.

"이 일이 끝나면 연금술에 대한 지식을 정리해서 가르쳐 주도록 하지."

"저, 정말요?!"

"하지만 조건이 있다."

"말씀하세요."

"이후에 내가 진행할 연구를 도와주어야 해. 할 수 있겠 나?"

"연구라면……."

"아공간에 대한 것이지."

목숨을 내어놓아야 하는 일이긴 하지만 학자의 학구열을 이길 수 있는 것은 그 어디에도 없었다.

"좋아요. 하겠어요."

"그래, 그렇다면 이제부터 넌 내 제자로서 함께 연구를 진 행해야 한다."

"알겠어요."

두 사람은 이제 사제 관계가 되었다.

*   *   *

F-15 전투기를 정밀 분석한 화수는 차근차근 하나씩 엔진을 개조하기로 했다.

그 가장 첫 번째 일은 엔진의 압축기 시스템을 구축하는 일이었다.

압축기는 1만 RPM 이상의 엄청난 고속으로 회전하는데, 이때 단 0.1㎜도 제자리를 벗어나선 안 된다.

더군다나 고도 16㎞의 극한 상황에서도 정상으로 작동해야 하며, 마하 1.5 이상으로 급기동해야 하는 상황에서도 제 역할을 모두 수행해야 한다.

만약 엔진 설계에 조금의 결함이라고 있다면 압축기로 흘러든 공기가 원활하게 유동하지 못하여 화염이 역류하는 현상이 발생할 수도 있었다.

또한 초고도 비행 상태에서 엔진이 꺼지는 최악의 사태가 벌어질 수도 있기 때문에 압축기는 반드시 제 역할을 수행해야 했다.

그런 복잡한 구조를 가졌음에도 불구하고 압축기는 최악

의 기후 조건에서도 높은 압축비를 가져야 한다.

F1그랑프리에 사용되는 엔진을 사용하는 것과는 차원이 다른 치밀함과 정교함을 요한다는 소리다.

샤넬리아는 자신이 가진 지식을 총동원하여 설계도를 만들어냈다.

화수와 찬미, 베네노아는 그녀가 만든 설계도에 나오는 부품들을 마나용광로에 넣고 재련했다.

타앙, 타앙!

그 부품들은 모두 미스릴로 이뤄져 있었다. 이것은 화수의 마나코어를 단련하여 만들어낸 샤넬리아의 비기였다.

지이이이이잉!

마나용광로는 이제 비행기 하나를 통째로 집어넣을 수 있을 정도로 거대해졌지만 지금은 비행기를 새것으로 만드는 것이 아니라 새로운 비행기를 제작하는 중이다.

만능 드릴로 세세하게 조각해서 다듬는 것이 관건이라고 할 수 있다.

단 1마이크로미리의 오차도 허용될 수 없는 것이 바로 엔진 제작이다.

샤넬리아는 각 파트에서 만들어낸 부품들을 나름의 규격에 맞는지 확인해 보았다.

"으음, 이건 불량."

"어라? 도면에 나온 대로 다듬었는데요?"

"오른쪽 볼트 부분에 0.5마이크로미리의 오차가 있어. 이 대론 비행기가 폭발해도 이상할 것이 없어."

"끄응, 알겠어요."

찬미는 그녀의 깐깐함에 혀를 내두르며 그 지식의 방대함이나 정교한 기술을 배우기 위해 최선을 다했다.

화수와 베네노아 역시 사활을 걸고 그녀가 시키는 일에 집중했다.

조금 삭막한 분위기이긴 하지만 그런 집중력 덕분에 조만간 압축기는 완성될 예정이다.

* * *

거대 공장에서 이뤄진 압축기 시연. 벌써 150번째 실패를 맛보고 있다.

위이이이이이이잉!

슈퍼컴퓨터로 수치를 측정하고 있던 찬미가 이내 다시 스위치를 내렸다.

휘잉.

"실패입니다."

"이런 젠장!"

마나코어로 문제를 해결하고 있긴 했지만 압축기를 만드는 것 자체가 쉬운 일은 아니었다.

샤넬리아는 슈퍼컴퓨터가 분석한 결함 부분을 다시 체크하기로 했다.

이번에 결함이 생긴 부분은 떼어내고 다시 제작해서 그 공백을 채우는 식으로 작업이 진행되었다.

"아무래도 도면을 조금 바꾸는 것이 좋겠어."

슥슥.

"이대로 조정해서 만들어보자고."

"알겠어."

타앙, 타앙, 타앙!

화수와 베네노아는 그녀가 지시한 대로 부품을 만들어 다시 조립에 나섰다.

이윽고 찬미가 다시 작동 버튼을 눌렀다.

위이이이이이이잉!

ㅡ그린라이트, 그린라이트.

슈퍼컴퓨터는 이제 압축기가 제 역할을 한다는 신호를 보냈다.

순간, 찬미가 환호성을 내질렀다.

"와아아아! 성공이에요!"

"하하, 다행이군!"

베네노아와 화수 역시 성공을 자축하고 있는데 샤넬리아는 달랐다.

"이런 개으른 인간들 같으니, 아직 갈 길이 멀어. 어서 움직이자고."

"그, 그러지."

어쩌면 그녀의 열정은 화수를 훨씬 더 뛰어넘을지도 모른다.

*　　　*　　　*

엔진을 개조하면서 몇 번 시행착오가 있었지만 대부분은 오리하르콘으로 해결되었다.

하지만 터빈과 노즐에 들어갈 물질을 결정하는 데 꽤 오랜 시간이 걸렸다.

평균적으로 제트기 엔진은 2,000도 이상의 고온을 견디는 데 그치지만 샤넬리아가 만든 엔진은 달랐다.

약 섭씨 3,500도 이상의 초고온을 견뎌야만 작동이 가능했기 때문이다.

화수는 이에 대한 대안으로 연금술에서 사용하던 화염석을 떠올렸다.

화염석은 미스릴을 활화산에 담그고 그것을 다시 마나용

광로에 넣고 단련시켜야 만들어낼 수 있었다.

실제 활화산의 마그마에 냉기 계열 마법을 담은 미스릴을 넣고 단련시키면 화염의 기운을 머금게 된다.

그 상태에서 마나코어로 코팅을 하면 화염석이 탄생하게 된다.

샤넬리아는 낮게 신음을 흘렸다.

"흐음, 활화산이라……."

"지금도 활동하고 있는 활화산은 꽤 많아. 가까운 일본에도 있고 동남아에도 그 숫자가 꽤 되는 것으로 알고 있다."

"하지만 활화산에서 어떻게 담금질을 해 화염석을 만들어내겠나? 그곳이 사유지도 아니고."

가만히 두 사람의 토론 내용을 듣고 있던 찬미가 입을 열었다.

"한 가지 방법이 있어요."

"방법?"

"우리 집안에서 소유하고 있는 원자재 업체 중에 화산에서 유황을 캐내는 계열사가 있어요."

"오호라! 그런 방법이……!"

"하지만 아시다시피 그 회사는 제 아버지의 소유라서 제가 어쩔 도리가 없네요."

베네노아는 그 답안을 아주 간단하게 정리해 버린다.

"우리가 인수하면 그만 아닌가?"

"인수?"

"그렇습니다. 그 회사를 우리가 인수해 버리면 모든 것이 만사형통 아니겠습니까?"

"으음, 그건 그렇군요."

"물론 말처럼 쉽지는 않겠습니다만, 그래도 충분히 승산이 있습니다."

화수는 찬미를 바라보며 물었다.

"할 수 있겠어요?"

"지금부터 머리를 짜봐야지요. 마침 이 일을 도와줄 사람을 알아요."

"좋습니다. 그 사람을 만나서 방안을 마련해 봅시다."

그들은 찬미의 조력자를 찾으려 서울로 향했다.

* * *

서울 강남에 위치한 호화 주점 거리.

화수는 찬미와 함께 걸으며 연신 고개를 가로저었다.

"미쳤군. 양주 한 병에 100만 원이 넘어가다니 돈을 물에 녹여 마시고 말지."

"강남이라는 곳이 원래 다 그래요."

집에서 마시면 한 병에 5만 원도 채 안 되는 양주가 이곳에
오면 100만 원으로 올랐다.

그럼에도 불구하고 술집 주변에는 꽤 많은 차량이 주차되
어 있었다.

심지어 이곳에서 술을 마시자면 예약은 물론이고 멤버십
카드까지 소유해야 한단다.

화수로선 그저 이해가 안 될 뿐이다.

이윽고 두 사람이 도착한 곳은 강남 호화 주점 거리 구석에
위치한 허름한 술집이었다.

'흑련' 이라고 쓰인 간판은 화려하지도, 그렇다고 특이하지
도 않았다.

"단출하군요."

"겉은 그렇게 보이죠. 하지만 안은… 그렇지 않을걸요."

그녀는 흑련을 지키고 서 있는 사내들에게 다가가 물었다.

"이사님께선 안에 계신가요?"

사내는 찬미의 얼굴을 확인하자마자 황급히 고개를 숙였
다.

"아가씨께서 이곳엔 어쩐 일로……."

"삼촌 만나러 왔어요. 안에 계신가요?"

"네, 지금 약주 드시고 계십니다."

찬미는 한심하다는 듯 고개를 좌우로 가로저었다.

"요즘도 술 퍼마시고 다니다니, 질리지도 않는 모양이군."

"삼촌이요?"

화수의 질문에 그녀는 대답 대신 고갯짓으로 화수를 불렀다.

"가시죠."

"네."

자세한 것은 아마도 안으로 들어가 봐야 알 것 같았다.

지하로 이어지는 길. 화수는 그 화려한 내관을 바라보며 넋을 놓을 수밖에 없었다.

바닥은 모두 대리석과 원목으로 이뤄져 있고, 벽은 루비와 사파이어 등으로 조각한 섬세한 예술품들이 박혀 있었다.

그리고 벽의 중간중간에 유명 화가들의 작품이 걸려 있어 그 중후함을 더해주었다.

이곳에 들어간 비용만 따져도 강남의 건물 한 채는 거뜬히 살 수 있을 것으로 보였다.

돈이 넘쳐나다 못해 썩어문드러진다고 해도 과연 이런 건물을 지을지 의문이 들 정도이다.

이윽고 그녀는 흑련 내부의 복도 끝에 대기하고 있는 경호원들의 인사를 받았다.

"아가씨 오셨습니까?"

"삼촌은요?"

"따라오시지요."

그들은 찬미와 화수를 데리고 복도 끝에 위치한 거대한 룸으로 향했다.

그리곤 무전기의 송신 버튼을 눌러 누군가에게 무전을 보낸다.

"아가씨가 오셨다. 문 열도록."

—알겠다.

무전이 송신되자마자 대형 룸의 문이 열렸다.

드르르르르륵!

마치 아라비안나이트에 나오는 보석의 무덤처럼 아주 조용히 열린 거대 대리석 너머로 화려한 풍경이 펼쳐져 있다.

빰빠바바바밤!

"하하하하하! 놀아, 놀아!"

정신없이 돌아가는 사이키조명 아래에 선 남녀는 수영복, 혹은 상체를 탈의한 채 몸을 비비고 있다.

그리고 그 앞에는 전문 DJ로 보이는 사람이 일렉트로닉 사운드를 믹싱해 디제잉하고 있다.

그런 그들의 위로는 향수가 섞인 비누 거품이 마구 쏟아져 나와 몸을 적시고 있었다.

한마디로 이곳은 작은 클럽이었고, 이곳에선 버플 클럽 파티가 벌어지고 있는 것이다.

클럽 내부에 있던 관리인이 그녀에게 깍듯하게 고개를 숙였다.

"오셨군요."

"삼촌은요?"

"저쪽에 계십니다."

그녀가 화수를 데리고 안으로 들어서려 하자 그가 화수를 제지했다.

"이곳에 계시지요."

"제 손님이세요. 말조심하시죠."

"하지만……."

"제 손님이라고 분명 말씀드렸어요."

산정그룹 아들이 비밀 파티를 여는 곳에 아무나 들어갈 수 있을 리가 없었다.

해서 보안을 철저히 하는 것 같았지만 그녀에겐 통하지 않았다.

이윽고 클럽 안쪽으로 들어가니 반나체 상태의 여자 네 명을 옆구리에 끼고 앉은 산정그룹 김현철 이사가 보였다.

그는 네 여자의 신체 중요 부위를 마구 주무르며 성욕을 충족시키고 있었다.

찬미는 그런 그에게 다가가 말을 건넸다.

"막내삼촌."

순간, 김현철 이사가 화들짝 놀라며 찬미를 바라보았다.

"어, 어어?!"

"저 왔어요. 그만 좀 하고 앉으시죠?"

김현철은 도저히 믿을 수 없다는 표정으로 자리에서 벌떡 일어섰다.

"차, 찬미? 정말 찬미냐?!"

"네, 삼촌."

이윽고 그는 주변에 있는 여자들을 모두 물렸다.

"가라. 이제 너희는 필요 없어."

"쳇, 알겠어."

그녀들이 나가자 그는 찬미를 데리고 클럽 내부에 있는 작은 방으로 향했다.

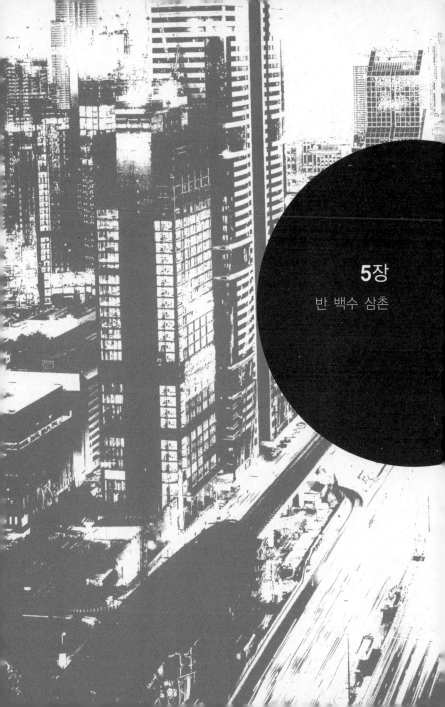

5장

반 백수 삼촌

    김현철은 클럽 내부에 만들어진 작은 방에 화수와 찬미를 데리고 들어와 아주 단출하지만 맛깔 나는 술상을 차렸다.

    클럽 내부에는 마치 포장마차 주방과 비슷한 시설이 설치되어 있었고 냉장고에는 없는 것이 없었다.

    그는 냉장고에서 어묵과 유부 등을 꺼내고 소고기로 육수를 낸 후 그것을 육수 통에 넣고 팔팔 끓였다.

    보글보글.

    이윽고 완성된 어묵바는 두 사람의 식욕을 자극했다.

    "어묵 좋아하지?"

"기억하시네요."

"당연하지. 가끔 네 기저귀도 갈아주곤 했는데."

"…별말씀을 다 하시네요."

"큭큭, 어려서부터 배변 활동이 아주 활발한 아이였지. 아직도 그때 생각이 나."

그녀는 그의 옆구리를 꼬집었다.

쫘득!

"아, 아!"

"그만하시죠?"

"큭큭, 그래, 알았다."

그는 그녀의 곁에 앉은 화수에게 말을 건넸다.

"그나저나 자네는 우리 찬미와는 어떤 관계인가? 애인? 동거남?"

"그냥 동료입니다. 기술을 전수해 준 저의 제자이기도 하고요."

"…오호, 그래?"

찬미는 다소 음흉한 웃음을 짓는 그를 나무라듯 말했다.

"정말 아무 사이도 아니라니까 그러네!"

"큭큭, 알겠어. 누가 뭐라고 했나?"

"삼촌의 웃음이 지금 음흉하잖아요!"

"큭큭, 그랬나?"

김현철은 화수에게 술잔을 건넸다.

"소주 마실 줄 아나?"

"예, 조금 합니다."

"으음, 마음에 드는군."

그는 소주를 한 잔씩 따르곤 이내 잔을 부딪쳤다.

"한잔하지."

"예."

팅!

술잔을 부딪친 세 사람은 단숨에 술잔을 비웠다.

꿀꺽!

"크흐!"

"좋구나!"

김현철은 술을 말끔히 비워내는 그녀를 바라보며 살며시 웃었다.

"자식, 많이 컸구나. 술도 다 마시고."

"참, 내 나이가 몇인데 그래요? 이 나이에 술도 못 마시면 어떻게 하라고."

"그런가? 난 아직도 네가 꼬맹이 같아서 말이야."

"후후, 삼촌 나이를 생각하셔야죠."

순간, 그가 시무룩한 표정을 지었다.

"가, 갑자기 나이 얘기는 왜……."

"현실을 자각하시라고요."

"크, 크흠! 한 잔 더 하지!"

세 사람은 다시 한잔하며 대화를 이어나갔다.

"그래, 네가 이 누추한 곳까진 어인 일이냐?"

"삼촌에게 부탁이 있어서요."

"부탁? 나에게?"

"네, 부탁이요. 제가 산정자원 인도네시아 지부를 인수할 수 있도록 해주세요."

순간, 그가 고개를 갸웃거렸다.

"산정자원 인도네시아 지부라면 유황지대에 있는 그곳을 말하는 거냐?"

"네."

"으음, 갑자기 그곳은 왜?"

"사고 좀 치려고요."

대놓고 일을 치겠다는 소리에 그는 오히려 호탕하게 웃었다.

"하하하하! 형님에게 복수라도 하겠다는 것이냐?"

"뭐, 그렇다고 볼 수도 있고요."

"으음, 그래. 아주 좋은 자세야."

산정그룹의 사고뭉치 김현철은 예전부터 그룹이 시끌벅적해지는 일을 취미로 삼던 사람이다.

무료한 인생에 한 줄기 빛이라면서 온갖 사고는 다 치고 다녔는데, 그중에는 의외로 초대박이 난 경우도 있었다.

이를테면 망해가는 선박회사를 사들여 조업에 나갔다가 침몰한 독일군 수송선을 발견한 것이다.

사람들이 미쳤다고 손가락질하는 일에 그는 유난히도 열정적이었고, 그 때문에 지금은 그룹 승계 순위에서 한참이나 밀려난 상태였다.

하지만 아직도 그의 발언권은 이사회에서 아주 크게 작용했다.

"좋아, 네 부탁을 들어주마."

"아무런 조건도 없이요?"

"형님이 너를 가둔 지 벌써 몇 년이냐. 그동안 나도 쌓인 게 좀 있거든. 그래서 나 역시 복수를 좀 해야겠어."

"역시 삼촌이네요."

그는 그녀에게 핸드폰을 건넸다.

"받아라. 이것 가지고 서로 연락하면서 지내자고."

"대포폰?"

"미국에 로밍된 핸드폰이라고 뜨는 회선이야. 한국에선 추적할 수가 없지."

"알겠어요."

이윽고 세 사람은 다시 술잔을 들었다.

　　　　　　　*　　　*　　　*

　강원도 태백의 실험실.

　화수와 마도학자들은 이곳에서 기계 인형 양산에 들어가기로 했다.

　지금 그들이 계획한 작전은 인도네시아 카와이젠 화산에서 몇 가지 안전사고가 일어나도록 유도하여 그룹이 스스로 인도네시아 유황 채취를 포기하도록 만드는 것이다.

　현지에 비해 상당히 높은 임금을 지불하며 인부를 동원하고 있는 산정그룹이지만 수익률이 그렇게까지 높지는 못하다.

　30초 작업 후에 30분가량 대기해야 하는 유황 채취의 작업 시간은 그리 길지가 못하다.

　그런 가운데 임금을 높게 지불하니 수익률에 제동이 걸리게 되는 것이다.

　또한 인도네시아 정부에 내야 하는 세금 또한 만만치 않으니 산정그룹으로선 그저 수지를 유지하는 정도였다.

　만약 이곳에 사고가 나서 배상금까지 물어야 하는 상황이 발생한다면 그들은 사업을 접을 수밖에 없을 것이다.

　더군다나 지금 인도네시아 카와이젠 유황광산의 폐지를

놓고 그룹 내부에서도 찬반이 엇갈리고 있기에 아마 결정적인 사고가 터지면 폐지 쪽으로 정책이 기울 수밖에 없었다.

화수는 사람의 형태를 유지하면서도 불에 잘 타 없어질 수 있는 재질로 기계 인형을 만들기로 했다.

종이를 압축하여 만든 압축 박스는 불에 잘 타지만 상온에서는 보통 플라스틱과 별반 다를 바가 없다.

여기에 약간의 폭약만 조금 덧바른다면 한 방에 없어질 수도 있었다.

화수는 사람 형상과 똑같이 생긴 기계 인형에 밀랍과 실리콘으로 만든 인면피구를 입혔다.

그리고 뼈대 위에 같은 재질의 혼합 단백질을 입힌 후 옷을 착용시켰다.

끼릭끼릭.

"으음, 자세가 좀 나오는군."

"이 정도면 진짜 사람이라고 해도 믿겠어요."

화산에 안전사고가 나면 수많은 사람이 목숨을 잃게 된다.

그중에는 질식사가 가장 대표적이고, 화산의 지열로 인한 폭발사고, 실족사로 인한 사망도 포함된다.

화수는 이곳에 기계 인형들을 희생시켜 화산에 들어가는 산정그룹 측 인부들을 아예 단절시켜 버릴 생각이다.

그 이후엔 산정그룹에 속해 있던 인부들을 국영기업이나

개인사업자로 돌린 후 퇴직금 등을 지급해 주면 그만이니 상관없었다.

불에 잘 타는 인형까지 준비했으니 이제 사고를 칠 차례다.

"가볼까요?"

"그럽시다."

화수와 찬미는 인형들을 데리고 인도네시아로 향했다.

＊　　　＊　　　＊

인도네시아는 화산의 용암 분출로 이뤄진 땅으로 아직도 용암을 뿜어내고 있다.

산정그룹 산하 산정자원 인도네시아 지부는 아직도 활화산이 타오르고 있는 자바 섬 동부에 위치해 있었다.

이곳 자바 섬에서 채취한 유황과 기타 지하자원은 곧장 선착장에서 선적과 통관 절차를 끝낸 후 한국으로 보내진다.

산정자원은 이곳에서 인부들을 모집하여 일용직으로 활용하는데, 다른 업체에 비해 다소 높은 일당을 지불하는 것으로 유명했다.

인도네시아 정부는 산정그룹에게 유황광산 분화구를 지정해 주고 유황을 채취하는 대신 그에 합당한 세금을 부과하기로 했다.

그리고 이곳의 인부들을 채용하고 시가에 비해 비교적 높은 일당으로 지불하도록 계약서를 작성했다.

정부의 입장에선 민생을 위협할 수도 있는 대기업의 횡포에 대항하기 위해 일찌감치 방어 체계를 구축한 셈이다.

하지만 이것은 또 다른 민생 고난의 시작을 만들어냈다.

산정그룹 인도네시아 지부는 높은 유지비와 임금을 충당하기 위해 인부들의 인권과 노동력을 착취하면서 돈을 벌어들일 계획을 세웠다.

그들은 인부들의 임금을 높이는 대신 식사나 휴식 같은 기본 복리후생을 생략하고 하루 열 시간이라는 살인적인 노동 시간을 부여했다.

인도네시아 노동법에 근거하여 휴식 시간을 부여해야 합당하지만 일용직 근로자들에게 그런 휴식 조건이 적용될 리 만무했다.

또한 돈을 지불하는 것은 회사 관할이기 때문에 할당량을 채우지 못하면 임금이 체불되는 경우도 발생했다.

광부들의 입장에서는 혹독한 환경에서도 가정을 부양해야 하기에 어쩔 수 없이 일할 수밖에 없었다.

그로 인하여 몇 번인가 인명사고가 발생한 적이 있지만 산정그룹은 이에 대해 적법한 조치를 취하지 않았다.

오히려 변호사를 고용하여 배상에 대한 책임을 회피하고

그를 광부 명단에서 제외시켜 버렸다.

사람의 목숨을 가지고 횡포를 부리다니, 도의적으로나 양심적으로나 사람이 할 짓이 아니었다.

찬미는 어려서부터 그런 사실을 아주 잘 알고 있었다.

하지만 자신이 그룹 내부에서 할 수 있는 일은 거의 없었기 때문에 알면서도 손을 쓸 수가 없었다.

인도네시아 카와이젠 유황광산.

이곳은 인도네시아 광부들의 치열한 삶의 현장이었다.

푸욱푸욱!

쇠꼬챙이로 유황 분화구 주변에 굳어 있는 유황 덩어리를 채취하여 다시 산 아래로 내려가는 것이 그들의 임무이지만, 그 자체가 결코 쉽지가 않았다.

유황광산이 뿜어내는 가스는 인체에 상당히 유해하며, 그 안에선 제대로 숨을 쉬지도 못한다.

아무리 마스크를 착용하고 있다곤 하지만 눈을 뜰 수도 없는 환경에서 쇠꼬챙이로 땅을 찌르는 일이 녹록할 리 없었다.

화수는 방독면을 쓰고 작업하는 광경을 지켜보고 있다가 욕지걸이를 내뱉었다.

"쿨럭쿨럭! 이런 환경에서 노동 착취를 하다니 너무하는군요."

"양심을 판 대신 돈을 얻는 것이죠. 세상에서 가장 나쁜 행동이 사람의 목숨을 가지고 장난치는 것이라고 했거늘, 산정그룹은 그런 인간성을 아예 싹 잃어버렸어요."

산하에 수많은 기업이 포진해 있지만 그 기업들이 가지고 있는 사업 기반은 하층민의 고혈을 쥐어 짜내 만든 것이다.

애초에 산정그룹 초대회장이 품은 민생 안정과 사회 공헌이라는 슬로건은 이미 잊힌 지 오래였다.

이제 이곳에서 고혈을 빨리며 살아가는 사람들을 구제하기 위한 작전이 시작될 테니 사정은 조금 나아질 것이다.

두 사람은 유황광산에 난리를 피울 마나코어 설치 장소를 물색하기 시작했다.

칼데라 호수 근처에 위치한 분화구에서 뿜어져 나오는 유황가스를 가만히 살펴보던 화수가 이내 한 장소를 지목했다.

"저쪽이 좋겠습니다."

그가 지목한 곳은 분화구 중심부에서 얼마 벗어나지 않은 곳으로, 가스가 그나마 가장 적게 유출되는 곳이었다.

"좋아요. 그럼 내일 저곳에서부터 작업을 시작하죠."

"그럽시다."

내일 이곳에선 일시적인 초대형 가스 폭발이 일어날 텐데 그것은 주변의 모든 것을 불태워 버릴 것이다.

그를 위해선 일반인과 관광객의 출입을 엄격하게 통제해야 한다.

이미 그에 대해선 손을 써놓았으니 문제될 것은 없었다.

두 사람은 분화구에 초대형 마나코어를 설치하고 그곳에 마법진을 그려 넣어 원할 때 폭발이 일어나도록 했다.

이제 내일이면 이곳은 아수라장으로 변해 버릴 것이 분명했다.

*   *   *

이른 아침, 얼굴과 몸을 꽁꽁 싸맨 청년들이 줄을 지어 광산을 오르고 있었다.

끼릭끼릭.

그들의 몸에선 마치 태엽 인형이 걸어 다니는 듯한 마찰음이 들리고 있었지만 광부들은 등에 짊어진 장비들 때문에 눈치채지 못했다.

일용직으로 일하는 광부들이지만 아무리 많은 사람이 이곳으로 올라온다고 해도 절대 경쟁자라고 생각하지는 않았다.

어차피 하루에 두 번, 많아야 세 번 오갈 수 있는 광산에 사람 몇 명 더 들어온다고 해도 전혀 문제될 것이 없기 때문이다.

화수는 작업복과 방독면으로 얼굴을 가린 기계 인형들을

데리고 산을 오르는 중이다.

그 역시 광부로 위장하여 산을 올라 일을 벌일 예정이다.

―잘 들립니까?

"네, 잘 들립니다."

산 아래에는 찬미가 마도학사들을 데리고 도로를 통제하는 중이다.

지금 도로 아래엔 이동 통로가 유실되는 바람에 굴삭기를 동원한 작업이 한창 진행되고 있었다.

이제 이곳에는 관광객은 더 이상 들어오지 못할 테니 인부들만 쫓아내면 되었다.

화수는 칼데라 호수 근처에 기계 인형들을 세워놓고 마나 코어에 마력을 불어넣었다.

우우우우우웅!

그러자 가스가 자욱하게 피어오르기 시작했다.

"쿨럭쿨럭!"

마나코어를 부착한 방독면을 쓰고 있긴 하지만 여전히 눈이 따가웠다.

하지만 방독면에 걸려 있는 마법이 가스를 조금씩 밀어내면서 점점 앞이 잘 보이기 시작했다.

슈가가가가가가각!

점점 더 격렬해지는 가스. 인부들은 더 이상 작업을 할 수 없다는 것을 느끼곤 이내 산을 내려가기 시작했다.

"어서 갑시다! 가스가 또 폭발을 일으키려 해!"

이곳에서 약 100미터 인근에 산장이 있으니 그곳에서 물이나 마시면서 한 30분 쉬었다가 작업해도 하루 품삯을 받는 데는 문제가 없을 것이다.

때문에 인부들은 가스가 뿜어져 나오는 곳을 빠져나와 산장으로 향했다.

그러나 화수는 이곳에 인형들을 두고 마법진에 마력을 불어넣었다.

틱, 틱, 틱.

정확히 5분 후에 초경량 헬파이어를 소환하도록 되어 있는 시간제한 마법진이 발동되었으니 이제 이곳에서 도망갈 일만 남은 셈이다.

화수는 자신의 마나 홀에 마나를 흘려보낸 후 그것을 다시 공기 중에 흘려보내 거대한 마나의 파장을 만들어냈다.

그 파장은 이곳에 생명체가 있는지 추적해서 화수에게 보고할 것이다.

두근두근.

바로 그때였다.

"쿨럭쿨럭!"

"사람?!"

모두 다 피신한 줄 알았는데 한 소년이 광산에 남아 무리하게 작업을 진행하고 있었다.

화수는 쓰러진 그를 들쳐 업고 달리기 시작했다.

"커윽!"

바람의 마법이 걸려 있긴 하지만 소년의 머리에서 흘러내린 유황 때문에 앞이 잘 보이지 않았다.

그는 시야를 잃은 채 달렸고, 그 때문에 극심한 체력 소모를 겪을 수밖에 없었다.

'조, 조금만 더!'

이제 사람들의 말소리가 점점 더 가까이 들리는 듯했다.

웅성거리던 인부들이 슬슬 화수에게 관심을 보이는 듯하자 그는 크게 소리쳤다.

"엎드려요! 광산이 폭발해요!"

"뭐, 뭐?!"

잠시 후, 화수의 외침과 거의 동시에 화산에서 거대한 폭발이 일어났다.

콰앙!

"허, 허억!"

"엎드려!"

인부들은 재빨리 엎드려 화산에서 일어난 폭발에 대비했다.

실제로 이 폭발은 화산 분화에 아무런 영향을 끼치지 못하며, 그저 이곳에서 며칠간 작업이 중지되도록 할 뿐이다.

자리를 털고 일어선 화수는 폭발 현장을 바라보며 또다시 외쳤다.

"사, 사람들이 저 안에 있어요!"

"뭐, 뭐라?! 사람?!"

"몇 명이나?!"

"한 30명쯤?"

"이, 이런 말도 안 되는 일이 다 있나?"

몇몇 인부가 현장으로 가려 하자 화수는 그들을 만류했다.

"아직 저곳의 상황이 어떤지 모르잖아요. 그냥 이대로 화산을 내려가는 것이 좋겠어요. 어차피 구조대가 올 것 아닙니까?"

"뭐, 그건 그렇지만……."

"갑시다. 일단 산 사람은 살아야 할 것 아닙니까?"

"그래, 그럽시다."

화수는 인부들을 이끌고 화산을 내려갔다.

*　　　*　　　*

화르르륵!

화마가 휩쓸고 지나간 폭발의 현장.

그곳의 하늘에 샤넬리아가 위치해 있었다.

"사람들은 모두 철수했나?"

―완료되었다.

화수가 사람들을 모두 피신시키고 났으니 아마도 이제 곧 구조대가 도착할 것이다.

그녀는 그전에 이곳에 서른 명의 유골을 떨어뜨렸다.

후두두두두둑!

이 유골은 전부 연금술로 만든 것으로 성분 분석을 한다고 해도 뼈라는 역학적 결과가 나올 것이다.

마법을 통해 만든 것이긴 해도 인체와 아주 똑같은 형질을 띠고 있었기 때문이다.

콰앙!

한 차례 더 폭발이 이어졌으니 아마도 인형들은 흔적도 없이 사라졌을 것이다.

그 대신 저 가짜 유골들이 자리 잡아 이곳을 처참한 폭발 현장으로 위장시킬 터였다.

이제 그녀는 다시 산을 내려가 아무 일도 없다는 듯이 여행이나 즐기면 되었다.

한편, 도로 아래에선 아수라장이 된 아스팔트를 복구하던 베네노아가 인부들을 데리고 피신하는 중이다.

"어서 피합시다! 산 위에서 폭발이 일어났습니다!"

"꺄아아악!"

"어서 피해!"

앞뒤 가리지 않고 달려 나가는 사람들 사이로 먼지투성이의 화수가 달려왔다.

베네노아는 그에게 슬쩍 마나코어 가루가 담긴 병을 건넸다.

"철수하시는 겁니까?"

"네, 그렇습니다!"

"어서 가시죠!"

화수는 마나코어 가루를 단숨에 삼켜 자신의 폐부에 남아 있을 유황 가스를 모두 밀어냈다.

그리고 그는 자신의 등에 매달려 있는 소년의 입에도 그것을 모두 털어 넣었다.

그러자 정신을 잃고 있던 소년이 깨어났다.

"쿨럭쿨럭!"

"정신이 좀 들어?"

"아저씨는……."

"지금 설명할 시간이 없다. 어서 산을 빠져나가자."

"아, 알겠어요."

불과 네 사람으로 인해 지금 이곳은 아수라장으로 변해 버렸다.

이 작은 폭발로 인해 일어날 소동은 아니었지만, 네 사람이 바람을 잡는 통에 일이 이렇게 커진 것이다.

소동을 최대한 크게 키워서 이슈를 만들어야 하기 때문이다.

이제 그들은 잠시 몸을 숨겼다가 일이 잠잠해지면 몇 차례 더 소란을 피울 생각이다.

*　　　*　　　*

화산에서 폭발이 일어난 후, 엄청난 숫자의 구급차와 소방차가 출동했다.

작업 도중에 일어난 폭발이 용암 대분화의 시초가 아니냐는 우려의 목소리가 들리긴 했지만 구조 작전은 끝까지 진행되었다.

두두두두두두!

헬기까지 동원된 구조 작업은 무려 이틀이나 진행되었다.

마지막으로 화산에서 나온 유일한 사람인 화수의 증언에 따라 움직인 구조팀은 드디어 마지막 남은 사람의 흔적을 찾아냈다.

전부 불에 타 흔적도 없이 사라지고 오로지 철제 장비만 남아 있었다.

구조 작업을 총괄하게 된 칼린 수르야토는 그 처참한 광경을 바라보며 조용히 눈을 감았다.

"부디 좋은 곳으로 가시길……."

그를 따라 구조대원 일동이 고개를 푹 숙였고, 약 5초간의 묵념이 이어졌다.

워낙 유황 가스가 많이 분출되는 곳이라 그나마 묵념조차 제대로 할 수 없었던 것이다.

칼린은 이곳에 흩어져 있는 철제 장비에서 인부들의 이름과 신원을 확인할 수 있었다.

"대장님, 신원을 모두 확인했습니다. 확실히 맞는 것 같습니다."

"시신은?"

"폭발 이후 산화하여 유골만 남았습니다."

"제기랄. 서른 명은 확실해?"

"네, 최소한 장례는 치를 수 있으니 얼마나 다행입니까?"

"그러게 말일세."

잠시 후, 그를 향해 경찰 서너 명이 걸어왔다.

"수고하십니다. 혹시 이곳에서 나왔다는 최후 목격자를 만날 수 있습니까?"

"그 사람이요? 아마 지금은 이곳에 없을 텐데요?"

"그렇다면 어디로 갔는지 알 수 있을까요?"

"산정그룹에 문의해 보시는 것이 빠를 겁니다. 그곳에서 인부를 파견한 것이니까요."

"흠, 알겠습니다."

경찰들이 다녀간 후 칼린은 그에 대해서 부하들에게 물었다.

"그나저나 그 사람은 어떻게 폭발에서 살아남았대?"

"그거야 저희도 잘 모르지요. 다만 운이 좋아서 소년까지 구출했다는 정도만 알고 있습니다."

"흐음, 그래?"

이 세상에 폭발 사고에서 살아남을 수 있을 정도로 운이 좋은 사람은 상당히 드물다.

아마 그는 운수가 대통한 사람이 아닐까 하는 생각이 들었다.

＊　　　＊　　　＊

나흘 후, 드디어 폭발 현장이 수습되고 화산에 대한 정밀 조사가 진행되었다.

그 결과 학자들은 화산에 압축되어 있던 유황 가스가 한꺼

번에 뿜어져 나오면서 주변에 화염을 퍼뜨린 것으로 분석했다.

다행히도 이 작은 폭발로 인하여 화산은 조금 더 안정되었다는 평이었으니 인부들은 안심하고 일을 재개할 수 있을 듯했다.

한편, 산정자원은 인도네시아 정부에서 보낸 조사단과 경찰의 강도 높은 조사를 받게 되었다. 그 과정에서 인부에 대한 부정이 모두 드러나게 되었다.

인면수심, 악행의 극치를 달린 그들의 부정이 낱낱이 드러남에 따라 인도네시아 정부는 그동안 불발되었던 보상에 대해 전부 재기소를 결정했다.

잘못하면 국제 분쟁으로 이어질 수 있는 이 문제에 대해 산정그룹은 발 빠른 조치에 나섰다.

피해자의 가정에 찾아가 용서를 구하고 한화로 2억이 넘는 돈을 배상하는 등의 조치를 취했다.

하지만 현지에서 일어난 반 산정그룹 감정은 쉽게 사그라질 기미가 보이지 않았다.

그 감정은 쌓이고 쌓여 산정그룹에 남아 있던 인부들이 모두 빠져나가는 최악의 상황으로 번지고 말았다.

그 탓에 지금 산정자원 인도네시아 정부에 남아 있는 인부는 네 명 남짓이다.

이에 산정자원은 그나마 소문이 덜 퍼진 동네에 구인 광고를 냈고, 화수는 신분을 위장해 인부들을 지원하겠다고 자원했다.

그렇게 하여 마련된 100명의 인부는 모두 기계 인형으로 구성되었다.

학자들은 당분간 작업을 중단해야 한다고 경고했지만, 어떻게든 손해를 복구해야 하는 산정자원으로선 어쩔 수 없는 선택이었다.

그들은 안전장비와 작업자와 작업자를 잇는 생명줄을 보급하며 사태를 조금 완화시켰다.

그럼에도 불구하고 남은 네 명 역시 내일부로 이곳을 떠날 예정이니 이제 이곳에 남은 사람은 화수와 인형들뿐이다.

산정자원 관계자는 화수에게 전권을 위임하기로 한다.

"인부들을 돌리는 건 당신 마음이지만 더 이상 잡음이 생기지 않도록 조심하세요."

"알겠습니다."

이윽고 그는 자동차를 타고 떠나 버렸고, 화수는 인부로 위장한 기계 인형들을 데리고 산을 오르기 시작했다.

"가자."

끼릭끼릭.

화수를 따라 줄을 지어 산을 오른 기계 인형들은 착실하게 유황을 캐서 산 아래로 내려 보냈다.

힘들 일도, 그렇다고 지칠 일도 없는 기계 인형이기에 작업 속도는 꽤 빨랐다.

작업은 이제 곧 끝날 것이다.

산에 어둠이 내리자 주변은 온통 푸른 불빛이 넘실거리는 신비한 광경으로 둘러싸였다.

화르르르르르륵!

화수는 생전 처음 보는 파란색 용암 군집을 바라보며 감탄을 연발했다.

"와! 이게 바로 블루 파이어라는 것이구나!"

카와이젠 화산이 유명한 관광 명소로 손꼽히는 것은 바로 유황이 만들어낸 파란색 불꽃 때문이었다.

낮에는 잘 보이지 않지만 어둠이 내리고 나면 파란빛을 발하기 시작했다.

그 때문에 주변은 온통 새파란 줄기가 넘실거리게 되고, 그것은 신비로움을 자아내기에 충분했다.

관광객들은 이곳에서 본 카와이젠 푸른색 불꽃이 평생에 가장 기억에 남는 장면이라고 말했다.

또한 수많은 사진작가가 이곳을 찾아 찍은 사진이 인터넷을 뜨겁게 달구기도 했다.

아무튼 그런 신비한 카와이젠이지만 그 뜨거운 용암에 닿으면 그 어떤 생물도 살아남을 수 없다는 것은 변함이 없었다.

화수는 파란색 불이 넘실거리는 용암이 보이는 낭떠러지로 기계 인형을 집결시켰다.

"차렷!"

촤락!

"입수!"

끼릭끼릭!

기계 인형들은 안전장비를 땅에 내려놓고는 이내 용암으로 뛰어내렸다.

화르르륵!

그로 인하여 인형은 흔적도 없이 사라졌고, 화수는 그 끝에 하나의 인형만 매달아놓고 무전을 날렸다.

삐익!

"사, 사람 살려!"

─치익, 무슨 일입니까?

"새, 생명줄 때문에……!"

─네? 뭐라고요?!

이것은 산정자원 당직 근무자에게 이어지는 무전이었고, 이것을 받은 당직 근무자는 당혹감을 감추지 못했다.

─다, 다시 한 번…….

뚝.

화수는 그가 의문을 품을 때까지 기다렸다가 이내 무전을 끊어버렸다.

그리곤 마지막으로 남은 기계 인형이 다 타들어갈 때까지 기다렸다.

화르르륵!

불이 붙은 기계 인형은 천천히 타들어갔고, 화수는 녀석의 장비를 낭떠러지 끝에 잘 매달아두었다.

그러자 종이는 다 타고 철재 장비만 남아 마치 사람이 타 죽은 것처럼 보였다.

"완벽하군."

이제 화수는 가벼운 마음으로 산을 내려가 당분간 모습을 보이지 않으면 되었다.

*　　　*　　　*

다음 날, 카와이젠 화산 주변에 모여든 경찰들로 인해 인근 마을에 한바탕 소동이 벌어졌다.

야간작업을 위해 화산으로 올라간 인부들이 줄줄이 실족 사를 당한 것이다.

경찰은 이들이 회사의 안전 방책으로 착용한 안전장비와

생명줄 때문에 낭떠러지로 줄줄이 떨어져 내렸다고 결론지었다.

결국 산정자원은 마지막 불꽃을 태우는 심정으로 올려 보낸 인부들로 인하여 낭패를 당한 것이다.

사태는 점점 더 파국으로 치달았다.

산정자원 인도네시아 지부로 현지 경찰은 물론이고 한국에서 파견된 경찰과 인터폴까지 총출동하여 이곳을 압수 수색하기로 했다.

"죄다 털어요."

"네!"

한국에서 파견된 이정문 경무관에게 산정자원 관계자들이 다가와 항의했다.

"이러는 법이 어디에 있습니까, 동향 사람들끼리?!"

"동향 사람이기 때문에 우리가 온 겁니다. 지금 한국의 반응이 어떤지 알아요? 당신들을 인도네시아에 버리고 오랍니다."

"그, 그건……."

"이곳에서 심판을 받으라는 소리지요. 그나마 우리가 압수 수색을 펼쳐 한국으로 돌아가는 것을 다행으로 알아요. 물론 인도네시아 정부가 자료를 요청해서 현지 법인을 없애 버린다고 해도 할 말은 없고요."

"……."

"아무튼 당신들 또한 참고인, 과실치사 협의를 받은 피고인으로 함께 가야 합니다."

이윽고 그들을 향해 경찰들이 다가와 수갑을 채웠다.

철컥.

"어, 어……?"

"당신들을 인도네시아 화산 폭발 사건에 대한 용의자로 체포합니다. 당신은 묵비권을 행사할 수 있고 변호사를 선임할 권리가 있습니다."

"마, 말도 안 돼요! 난 그냥……."

"일단 갑시다. 이곳에서 난리를 피울 순 없잖아요."

"……."

경찰은 관계자들을 줄줄이 용의자로 엮어 한국으로 압송했다.

6장

비가 그치기를
기다리며

　대전 최고의 번화가인 둔산동.

　이곳에 말끔한 차림의 화수가 서 있다.

　그는 검은색 면바지에 흰색 셔츠, 거기에 검은색 베스트를 매치시켜 댄디함을 더했다.

　여기에 신발은 갈색으로 벨트와 색을 맞추어 포인트를 살렸다.

　이 정도면 거리에 있는 어떤 여자를 상대로 헌팅을 해도 전혀 문제가 없을 듯했다.

　화수는 마도학으로 만든 영구 보존 시계의 초침을 바라보왔다.

휘릭휘릭.

초침이 공중에 붕 떠서 움직이는 시계의 기능은 총 20가지로 모두 비상시에 사용이 가능했다.

디자인은 흰색에 체인 형식.

최신 트렌드에 따라감은 물론이고 소장 가치가 충분한 디자인이다.

화수는 시계를 바라보다 이내 자신의 어깨를 두드리는 손길을 느꼈다.

"왁!"

"엇!"

화수가 놀라며 뒤를 돌아보았다.

"헤헤, 놀랐어?"

혀를 빠끔히 내미는 세라를 바라보며 화수는 미소를 지었다.

"장난기는 여전하네."

"사람이 어디 그리 쉽게 변하나?"

"하긴."

이윽고 화수는 그녀와 함께 거리를 걸었다.

수많은 사람 속에 놓인 두 사람은 서로에게 집중하며 오늘 일정에 대해 논의했다.

"너 참 만나기 힘든 사람이구나. 이젠 회장님이라서 그런가?"

"회장님은 무슨, 그냥 동네 아저씨지."

"쿡쿡, 그래도 직함은 회장이잖아? 비즈니스 잡지에도 나오고."

"그냥 운이 좋아서 그런 것뿐이야."

"아무튼 바쁜 것은 맞잖아."

"뭐……."

"그러니까 오늘은 아주 알차게 보내자. 오늘 보면 언제 또 볼지 모르잖아."

"그건 그러네."

두 사람은 인파를 헤치고 한적한 카페를 찾았다.

"우선 이곳에 앉아서 천천히 계획을 세우자."

"아직 이른 시간인데?"

"그래도 시간이 모자라. 할 일이 많거든."

"그, 그래?"

토요일이라 사람이 많아 그렇지 지금 시각은 아직 정오도 채 되지 않았다.

하지만 그녀는 일분일초가 아까운 듯 계획표까지 짜둔 모양이다.

"우선 밥 먹고 드라이브 가자. 내가 봐둔 곳이 있어."

"으음, 그래."

"그리고 그 후엔 영화 한 편 보고 저녁을 먹자. 어때?"

"좋지."

"저녁을 먹고 나선 술 한잔하고."

"그래, 그러자."

화수는 잘 모르고 있지만 그녀는 꽤나 살림도 알차게 하는 편이다.

워낙 꼼꼼하고 섬세한 편이라서 돈을 차곡차곡 모으거나 살림을 꾸리는 데 재능이 있었다.

그 증거로 뛰어난 요리 실력이 있지만 화수는 역시 눈치채지 못했다.

그녀의 리드로 시작된 데이트는 가장 먼저 둔산동에 위치한 맛집으로 향했다.

*   *   *

양념게장으로 유명한 이 집은 엄청나게 많은 인파가 몰려 번호표를 뽑고 기다리지 않으면 밥을 먹지 못할 지경이었다.

하지만 세라는 나흘 전 특실을 예약해 두었다.

단 하나뿐인 2인 특실은 운이 나쁘면 예약을 할 수 없는 곳으로, 그녀는 나흘 전부터 하루에 두 번씩 전화를 걸어 시간을 조정했다.

　그 결과 간신히 오늘 점심에 시간을 맞출 수 있었던 것이
다.

　"어때? 괜찮지?"

　"이야, 넌 참 능력도 좋다. 이런 곳을 어떻게 예약했어?"

　"후후, 내가 이 정도야. 대단하지?"

　"그러게."

　메뉴를 고르지도 않았는데 알아서 음식이 나왔다.

　똑똑.

　"실례하겠습니다."

　"어, 어라? 아직 주문을……."

　"내가 예약하면서 미리 했어. 어차피 이곳에서 제일 맛있
는 건 게장정식이고, 너 해산물을 좋아하잖아?"

　"뭐, 그건 그렇지."

　"그러니 불만은 없을 거고, 밥 빨리 나오면 좋잖아?"

　"와! 그래, 구구절절 옳구나."

　화수는 뭐 하나 틀린 말이 없는 그녀의 말에 그저 입만 떡
벌렸다.

　이윽고 구첩반상의 게장정식이 줄줄이 들어왔고, 화수는
그것을 맛있게 먹었다.

　"오오, 좋군!"

"이것도 좀 먹어. 알이 꽉 찼어."

그녀는 화수의 밥그릇에 알이 꽉 찬 게 내장을 쥐어 짜내 올려주었다.

"너도 좀 먹어. 난……."

"줄 때 먹어. 내가 게 알은 아무나 안 주거든. 그러니까 영 광으로 알고 먹어."

"그, 그래."

어째 누나 지수의 모습을 보는 것 같았지만 그 모습도 그리 썩 나쁘지 않다고 생각하는 화수다.

식사를 모두 끝마치고 식당을 나서는 길, 화수는 계산을 하 기 위해 블랙카드를 꺼냈다.

"계산 좀 해주시죠."

한도가 없는 블랙카드는 화수가 가진 유일한 특권이다.

한도가 없다는 것은 그룹 명의로 된 한도 내에서 절반가량 을 일시불로 현금화할 수 있다는 의미다.

또한 모든 호텔의 스위트룸을 즉시 예약할 수 있으며, 비행 기 퍼스트 클래스가 자동으로 발급된다.

할인이나 적립에 의미가 없는 대신 이렇게 엄청난 기능을 가졌기 때문에 상위 1%의 카드라고 불렸다.

블랙카드를 본 직원은 정중히 고개를 숙이며 말했다.

"이미 계산이 다 되었습니다."

"네?"

"예약하시면서 계산을 하셨네요."

화수가 고개를 돌리자 그녀는 이미 양손에 아메리카노를 한 잔씩 들고 서 있다.

"자, 마셔."

"세라야, 계산은……."

"가자. 비린내는 이걸로 대충 잡고 차에서 가글하자."

"그, 그래."

오늘따라 화수를 오락가락하게 만드는 그녀다.

*　　　*　　　*

화수는 그녀에 지시를 따라 차를 몰았고, 이내 대청호 부근에 도착했다.

한창 낚시꾼들에 의해 붐비고 있는 대청호였지만 카페들은 그와 반대로 사람의 발길이 뜸했다.

아마도 그녀는 이런 것까지 예상하여 코스를 짠 것 같았다.

따라라라라란~

잔잔한 피아노 선율이 흐르는 카페의 풍경은 고즈넉함과 로맨틱함이 어울려 마음을 싱숭생숭하게 만들었다.

"도대체 이런 곳은 언제 알아본 거야?"

그녀는 실소를 흘렸다.

"너 오늘 그 말만 벌써 두 번째인 거 알고 있어?"

"내가 그랬나?"

화수는 요즘 들어 그녀에 대해서 자신이 잘못 알고 있는 사실이 몇 가지 있다는 것을 깨달았다.

지금까지 세라는 그저 도도하고 새침한 사람이라고 생각했는데 그게 아닌 모양이다.

자신의 사람이라고 생각한 이에겐 물심양면으로 내조를 해줄 수 있는 사람이었다.

화수는 처음으로 세라가 정말 괜찮은 여자 같다는 생각을 했다.

조용한 피아노 선율이 흐르는 가운데 그녀가 화수에게 물었다.

"저번에 내가 했던 말 기억해 줘서 고마워."

"뭘?"

"이제부터 자주 만나자고 한 것 말이야."

"그거야 당연하지. 다른 사람도 아니고 네 말을 잊어버렸을까 봐?"

"으음, 그래?"

그녀는 잔을 손으로 빙글빙글 돌리다 입을 열었다.

"그런데 말이야."

"응?"

"넌 정확히 어떤 타입의 여자가 좋은 거야?"

"음, 타입이라……."

사실 화수는 전생이나 지금이나 딱히 어떤 여자가 이상형이라고 생각해 본 적이 없었다.

그렇다고 여자를 만나보지 못한 것은 아니지만 구체적으로 어떤 여자가 가장 좋다고 말할 수도 없었다.

하지만 요즘 그는 자신에게 필요한 여자가 어떤 여자인지 알 것 같았다.

"내조를 잘하는 여자가 좋을 것 같아."

"내조?"

"요리를 잘한다든가 뭔가 짜임새 있게 계획을 잘 짠다든가 말이야."

"…그래?"

"거기에 착하면 금상첨화겠지?"

"만약 너를 잘 아는 사람이기까지 한다면?"

"하하, 그렇다면야 더더욱 오케이지."

"으음, 그렇군."

의미심장한 그녀의 표정. 화수는 고개를 갸웃거렸다.

"그나저나 그건 왜?"

"아니, 그냥."

이윽고 그녀가 자리에서 일어섰다.

"차 다 마셨으면 이제 가자."

"또 어딜 가?"

"잊었어? 영화를 보러 가야지. 만약 그게 아니라면 운동이라도 좀 하고."

"운동?"

"아무튼 가자."

두 사람은 다시 차를 타고 대전 시가지로 향했다.

*   *   *

대전에 있는 한 야구연습장.

이곳에는 각종 스포츠를 경험할 수 있는 시설이 마련되어 있었다.

오늘따라 플랫슈즈에 타이트한 청바지를 입은 그녀는 이런 활동적인 운동까지 예상을 한 모양이다.

"어때? 이곳이라면 야구는 물론이고 축구에 사격까지 할 수 있어."

"오호라, 이런 곳이 다 있었군."

"후후, 내가 좀 하지?"

"그러게 말이다. 넌 도대체 모르는 것이 뭐야?"

"헤헤, 대전 토박이 아니냐. 모르는 것이 더 이상하지."

"그, 그런가?"

같은 대전 토박이인 화수로선 조금 머쓱해지는 순간이다.

"오늘 저녁하고 술 내기 어때?"

"야구로?"

"응."

"그래, 좋아."

두 사람은 공을 집어 던져 구속과 정확도를 측정할 수 있는 곳으로 향했다.

이곳은 남자가 여자에 비해 두 배 정도 난이도가 높이 책정되어 있었다.

그렇기 때문에 어지간한 운동신경만 있으면 여자와 남자가 내기를 해도 큰 문제가 되지 않았다.

"내가 먼저 던질게."

"그래."

그녀는 과녁을 향해 야구공을 힘껏 집어 던졌다.

휘릭!

─스트라이크! A+

정확하게 과녁의 중앙에 들어가 버린 공을 바라보며 화수는 감탄사를 터뜨렸다.

"오오! 대단한데?"

"후후, 봤어? 내가 이래 뵈도 한하 독수리스 골수팬이라고!"

"이야, 그런 능력이 있었다니, 의왼데?"

"대전 사람이라면 역시 야구 아니야?"

"그런가?"

사실 한하 독수리스는 지금까지 승리를 거두어본 적이 별로 없는 만년 꼴찌 팀이다.

이곳에서 메이저리거가 둘이나 나왔다는 것이 믿기지 않을 정도로 매일 지기만 하지만 대전 사람들은 그런 한하 독수리스를 무척이나 사랑했다.

경기에서 져도 멋진 경기를 보여준 선수들에게 박수를 보낼 뿐 절대 실망하지 않았다.

그러다 한하 독수리스가 승리라도 하는 날에는 그야말로 축제가 벌어졌다.

전국의 야구팬들은 그런 팬심을 이해하지 못하겠지만 대전 사람들은 그것을 당연하게 받아들였다.

누군가는 인식의 차이라고 하지만 화수는 그것을 지역의 특성이라고 생각했다.

충청도 특유의 근성과 인내심이 팬심을 오래 이끌어가고, 긍정적인 마인드가 그것을 굳건하게 하는 것이다.

아마도 그녀는 타 지역에서 야구팬을 만나도 한하 독수리스의 팬임을 부정하지 않을 것이다.

이윽고 화수의 차례, 그는 일부러 과녁의 약간 오른쪽을 맞추었다.

콰앙!

―볼! B+

"이런, 공이 잘 안 맞네. 공에 문제가 있는 것 아니야?"

"쿡쿡, 네가 핑계를 다 대다니 별일이네."

"사람이 그럴 때도 있어야지."

본인은 자각하지 못하고 있지만 요즘 들어 그녀를 자주 만나면서 화수는 남녀관계가 어떤 것인지 조금은 인지하고 있었다.

정식으로 사귀는 사이는 아니지만 서로 맞춰줄 부분이 있다면 맞춰주고 포기해야 할 부분이 있다면 포기해야 하는 것이 옳다고 본능적으로 느꼈다.

때문에 그렇게 승부욕이 강한 화수가 그녀에게 슬그머니 져주는 척하고 있는 것이다.

'쳇, 이럴 때 보면 속이 참 깊은데……'

야구팬인 그녀가 화수의 이런 배려를 눈치채지 못할 리 없었다.

다만 이런 배려심이 다른 곳에서 나와 주기를 바랄 뿐이다.

＊　　　＊　　　＊

영화를 보고 나오는 길, 두 사람은 근처 술집으로 향했다.

와글와글!

엄청난 인파가 몰린 술집에 들어선 화수는 애써 웃음 지었다.

"사람이 참 많네. 좋다."

"후후, 그렇지? 여기가 이 근방에서 가장 인기가 좋대."

인도네시아 유황광산에 일어난 사고로 화수가 잊히길 기다리는 동안 얻은 휴가지만 그에겐 참으로 오랜만의 휴식이다.

이런 휴가를 피곤으로 메우는 것은 상당히 억울한 일이다.

그렇지만 그는 애써 그녀를 따라 분위기에 적응하기로 했다.

이 또한 그녀를 위한 배려라고 생각했다.

"여긴 뭐가 맛있나? 내가 호프랑은 거리가 멀어서 말이야."

"화수 너는 맥주를 별로 안 좋아하니까……."

주당들은 두 갈래로 갈리는데, 소주와 맥주로 그 호불호가 갈린다.

소주를 좋아하는 사람들은 포장마차나 소주방, 혹은 일반 식당을 좋아하고 맥주를 좋아하는 사람들은 호프나 치킨 등을 좋아한다.

이것은 안주에 따른 갈래라고 할 수 있는데, 화수의 경우엔 호프에서 먹을 수 있는 것이 별로 없었다.

하지만 그는 그런 호불호 또한 그녀에게 맞추기로 했다.

"맥주도 괜찮아. 튀김 종류였으면 좋겠군."

"정말?"

사실 그녀는 소주를 별로 좋아하지 않기 때문에 화수와의 술자리는 곤욕이었다.

그는 그 사실을 잘 모르고 있었지만, 그럭저럭 그녀의 페이스에 맞춰가고 있었다.

그녀는 한층 밝아진 얼굴로 주문 벨을 눌렀다.

딩동!

"네, 손님."

"여기 케이준샐러드하고 야채소시지샐러드 하나 주세요."

"술은 어떻게 하시겠습니까?"

이번에는 그녀를 대신해 화수가 주문했다.

"생맥주 한 잔하고 레몬소주 주십시오."

"네, 알겠습니다."

직원이 주문을 받아 가자 그녀가 한껏 들뜬 얼굴로 화수를 바라보며 물었다.

"어머나, 내가 레몬소주를 좋아하는 거 어떻게 알았어?"

"그냥. 안주에 잘 어울릴 것 같아서."

"으음, 네게 그런 센스가 있었다니 놀랄 일이야."

"후후, 그저 운이 좋았을 뿐이야."

그때 그들에게 호프 매니저가 다가왔다.

"실례하겠습니다. 혹시 두 분 커플이신가요? 아님 부부?"

"네, 네?"

갑작스러운 질문에 두 사람은 당황했다.

그러자 매니저는 마침 잘되었다는 듯이 웃으며 말을 이었다.

"크흠, 다름이 아니고 지금 저희 호프에서 커플대항전 행사를 준비하고 있습니다. 30분 후에 무대에서 각종 행사를 진행하는데, 만약 거기서 등수 안에 드신다면 오늘 드시는 술과 안주는 모두 공짜고 사은품까지 받아 가실 수 있습니다."

순간, 그녀가 손을 번쩍 들었다.

"하, 할래요!"

"세, 세라야."

"참가하는 데 비용은 들지 않죠?"

"그럼요. 물론이지요."

"그렇다면 뭐 손해 볼 것도 없네. 하자, 화수야."

그녀가 일방적으로 밀어붙이는 게 당혹스럽긴 했지만 화수는 이번에도 그녀를 따라가기로 한다.

"그, 그래. 네가 하자는데 한번 하는 것도 나쁘지 않지."

"들었죠? 참가할게요."

"네, 그럼 준비하겠습니다."

매니저는 두 사람에게 참가번호 4번이라는 명찰을 주곤 무대로 향했다.

*   *   *

호프에서 열린 커플대항전에는 총 10명의 커플이 참가했다. 그중에는 새내기 커플도 있고 무려 부부 생활 15년차의 베테랑도 있었다.

화수네 커플의 경우엔 그저 소꿉친구일 뿐이지만 남녀라는 이유만으로 참가 자격이 부여되었다.

게임이 진행되는 형식은 아주 간단했다.

각 라운드마다 각기 다른 미션으로 이 미션에서 가장 좋은 기록을 내는 커플이 승리하는 형식이었다.

총 네 개의 미션이 진행되는 동안 각 라운드마다 한 커플씩이 탈락하게 되고 최종적으로 살아남은 커플이 상품을 수령하게 되는 것이다.

참가한 커플들에겐 안주가 공짜, 2위와 3위에겐 술과 안주가 전부 무료다.

1위에겐 위의 모든 특전이 그대로 주어지며 문화상품권까지 수여된다.

"자, 지금부터 커플대항전을 시작하겠습니다!"

"와아아아아아!"

"그럼 대망의 1라운드부터 진행하도록 하겠습니다. 1라운드는 입에서 입으로!"

빠바밤!

입에서 입으로라는 게임은 말 그대로 입과 입으로만 특정 물건을 옮기는 형식이었다.

사회자는 제비가 든 항아리를 들고 다니면서 커플들에게 그것을 뽑도록 했다.

"여기서 나온 지령대로 미션을 진행해야 합니다. 자, 그럼 제비를 뽑아서 본인 앞에 펼치도록 하십시오."

커플들이 펼친 종이에는 말도 안 되거나 다소 농도 짙은 스킨십 등이 적혀 있었다.

"자, 1번 커플은 학다리로 미션 진행. 조금 어렵겠군요. 2번 커플은 남자가 푸시업하면서 미션 진행. 참, 별의별 미션을 다 넣으셨네요. 3번은 입으로 휴지조각 옮기기. 너무 쉽군요. 자, 그다음은 4번."

화수는 무심코 자신이 든 종이를 바라보곤 하마터면 심장이 멎을 뻔했다.

[입으로 완두콩 옮기기.]

"뭐, 뭐야, 이게?"

"오오오오!"

"이야, 두 분은 소꿉친구 사이라고 들었는데 꽤나 어려운 미션을 받으셨네요. 어때요? 하실 수 있겠어요?"

"아, 아니, 저는……."

당연히 포기하겠다고 생각한 화수가 손을 들었지만 그의 의견은 바로 묵살되었다.

"할 수 있어요!"

"오오오!"

"후후, 좋습니다. 그런 전투적인 태도, 아주 좋아요."

"헤헤, 그렇죠?"

멋쩍은 표정의 화수. 그녀가 옆구리를 쿡쿡 찔렀다.

"할 거지?"

"으, 응?"

"할 수 있지?"

거의 협박에 가까운 그녀의 채근에 화수는 어쩔 수 없이 고개를 끄덕였다.

"다, 당연하지."

이제 어쩔 수 없이 입술과 입술이 닿는 미션이 진행될 터였
다.

*   *   *

입에서 입으로는 자신들의 앞에 놓인 물건을 상대방과 함
께 입으로 옮기는 게임이다.

상당히 단순한 게임이지만 이번 게임에서 승자가 과연 탄
생할까 싶을 정도로 난이도가 꽤나 높았다.

기호 1번부터 3번까지 모든 후보가 줄줄이 부진한 성적을
내고 있었고, 그들은 모두 최소 3년 이상 함께한 커플이었다.

"3번 커플, 네 개! 이야, 이것 참 안타깝네요! 남자가 체력
이 그렇게 약해서 어떻게 합니까?! 운동 좀 더하세요!"

"하하하하하!"

한 차례 웃음이 터지면서 분위기는 무르익어 갔고, 만약 여
기서 화수가 기권을 선언하면 분위기는 찬물을 끼얹는 상황
이 될 터였다.

'큰일이군.'

복잡한 그의 심경을 채 정리할 새도 없이 게임은 진행되었다.

"자, 이번엔 4번 커플! 어서 자세 잡으세요!"

그들의 앞에 놓인 완두콩은 상당히 미끄러워서 침이 닿지

않으면 옮기기 힘들 것이다.

"난이도가 낮지 않은 미션입니다. 자, 그럼 시작합니다!"

삐익!

사회자가 호루라기를 불자 1분이 카운트에 들어갔다.

이내 그녀는 완두콩을 하나 입에 붙이곤 화수의 얼굴을 두 손으로 잡았다.

"오오!"

"여자가 적극적이야!"

그녀와 눈이 마주친 화수는 이제 어쩔 수 없게 되었다는 사실을 깨달았다.

'그래, 어쩔 수 없지, 뭐.'

화수는 그녀 대신 완두콩 바구니를 들곤 강렬한 의지를 불태웠다.

그리곤 그녀의 입술에 자신의 입술을 확 박치기해 버렸다.

"춥!"

"오, 오오! 오늘 또 다른 커플이 탄생하나요?"

두 사람은 주변의 환호성을 들으며 차근차근 완두콩을 해치워 나간다.

"넷, 다섯, 여섯… 서, 서른! 그만!"

그들이 옮긴 완두콩의 숫자는 무려 서른 개. 단연 압도적인 스코어라 할 수 있었다.

"뭐, 1등은 거의 정해졌군요! 4번 커플이 서른 개로 1등을 달리고 있습니다!"

짝짝짝짝!

게임이 끝난 화수의 입술은 립스틱이 덕지덕지 묻어 있었고, 그녀는 물티슈로 그것을 닦아주었다.

"어, 어……."

"가만있어. 지저분해 보여서 그래."

"으, 응."

어쩐지 오늘따라 그녀가 상당히 박력 있다고 느끼는 화수다.

*　　*　　*

게임은 어느 새 두 커플만을 남겨놓고 있었다.

"자, 이제 결승전이네요! 이번 게임은……."

사회자가 잠시 뜸을 들이더니 이내 미션을 발표했다.

"녹여주세요!"

"와아아아아아!"

"게임의 룰은 간단합니다. 지령에 따라 지정된 부위로 이 얼음을 가장 빨리 녹이는 커플이 이기는 게임입니다. 잘 아시겠죠?"

듣기만 해도 얼마나 농도 짙은 스킨십이 이뤄질지 불 보듯 뻔했다.

"저, 정말 할 수 있을까?"

"괜찮아. 어차피 게임일 뿐인데, 뭐."

이윽고 사회자가 두 사람에게 제비를 건넸다.

"뽑으세요. 총 스무 가지의 지령이 있습니다. 그중에 하나만 뽑으시면 됩니다."

두 커플은 각자 하나씩 제비를 뽑아 들었다.

"자, 5번 커플은 얼굴로. 이야, 좀 센데요? 그리고 4번은······."

화수는 자신이 들고 있는 지령을 보곤 아연실색하고 말았다.

"혀, 혀네요. 이야, 이건 너무 센 것 아닌가요? 혀라니, 참."

"그, 그렇죠?"

"하지만 뭐, 다들 성인이니 호프에 오신 것 아니겠습니까? 혀로 얼음을 녹이는 일쯤이야 별것 아니죠. 그럼 바로 시작하시죠."

"어, 어, 어······."

화수가 기권할 새도 없이 게임이 진행되었다.

두 사람에게 얼음이 전달되었고, 그녀는 아주 결연한 표정을 짓고 있다.

"준비되었지?"

"그, 그렇긴 한데······."

"자, 그럼 시작합니다!"

삐익!

결국 경기는 시작되었고, 그녀는 입에 얼음을 집어넣곤 화수의 입술에 자신의 입술을 맞추었다.

그리고 그 안으로 얼음을 집어넣었다.

"우, 우웁!"

그녀의 따뜻한 체온이 그대로 느껴지면서 내용물이 서로 교차되었다.

"오오오!"

"진짜 키스를 하시네요! 하지만 게임은 게임일 뿐입니다!"

게임이라기엔 너무나 농도 짙은 키스가 이어졌고, 화수는 엄청난 내적 갈등을 겪었다.

아무리 생각도 이렇게 키스를 나눈다는 것이 마뜩찮았다.

하지만 지금 이대로 포기한다면 그녀는 자존심에 큰 상처를 입을 것이다.

'난감하네.'

약 5초 후, 그는 이내 결심했다.

'죽기야 하겠어?'

이윽고 그는 자신의 혀로 그녀의 혀를 마구 공략하기 시작했다.

"으, 으음……."

부드러운 그녀의 입술과 혀를 느끼며 얼음을 녹이던 화수
가 손을 들려는 그때였다.

그녀가 화수의 목덜미를 두 팔로 안아버렸다.

'……!'

빠져나올 수 없는 올가미에 갇힌 화수는 그대로 2분간 오
묘한 감정에 빠져버렸다.

*   *   *

게임을 끝내고 집으로 돌아가는 길.

두 사람은 어색한 분위기 속에 사로잡혀 있었다.

버스를 탔는데 막차라 그런지 사람이 적은 탓이다.

'불편하군.'

이런 분위기에 적응하지 못하는 화수로선 도저히 가만히
앉아 있을 수가 없었다.

하지만 그렇다고 버스에서 내릴 수도 없으니 그야말로 답
답함이 목구멍까지 차올랐다.

그렇게 시간은 흘러 이제 마을 입구.

두 사람은 아무런 말 없이 버스에서 내려 마을의 하천을 이
어주는 다리 앞에 섰다.

"집까지 바래다줄까?"

"…괜찮아."

"그래? 그렇다면……."

바로 그때였다.

그녀가 돌아서는 화수의 옷깃을 잡고 말했다.

"있잖아. 우리 이제 절교하는 것이 좋겠어."

순간, 화수의 얼굴이 와락 일그러졌다.

"뭐, 뭐? 그게 무슨 소리야? 느닷없이 절교라니?"

"더 이상 너랑 친구로 못 지내겠어. 좋아하는 티를 안 내려니 정말 답답해. 그러니……."

"잠깐!"

화수는 그녀의 갑작스러운 절교 선언을 듣고 나서야 세라에 대한 자신의 감정이 어떤 것인지 깨달았다.

'그렇군. 괜히 내가 이 여자에게 모든 것을 맞춰온 것이 아니었구나.'

그랬다. 화수는 어느 순간부터 세라를 여자로 생각해 온 것이다.

그는 그녀의 손을 확 낚아챘다.

턱!

"화, 화수야?"

"에라, 모르겠다!"

화수는 그녀의 얼굴을 두 손으로 잡고 입을 맞추었다.

"으읍!"

오랜만의 키스라서 서툴러 이가 부딪치거나 입술에 침이 마구 묻긴 했지만 그래도 모든 열정을 담았다.

그렇게 키스가 끝난 후 화수는 그녀에게 말했다.

"그냥 친구 말고 애인 하자. 그럼 되지?"

"으, 응?"

"애인 하자고. 사귀면 절교고 뭐고 다 필요 없는 것 아니야?"

지금까지 화수가 보여주던 모습과는 정반대의 모습. 그제야 그녀는 미소를 지었다.

"이 바보야, 내가 먼저 말하려고 했는데……."

"험험, 먼저 말하는 쪽이 이기는 거지, 뭐."

"쳇, 봐줬다."

이윽고 그녀는 화수의 손을 잡아끌었다.

"한잔 더 할까?"

"늦었는데?"

"뭐 어때? 남자 친구가 있는데."

"하긴."

두 사람은 가오동에 위치한 호프집으로 향했다.

7장

터뜨리다

　카와이젠 인부 사망 사건으로 인해 산정그룹 전체가 구설수에 오른 가운데 긴급 이사회가 소집되었다.

　법원에서는 산정자원이 인부들에게 부당 대우와 노동 착취를 했다며 벌금형과 함께 그에 합당한 배상금을 지급해야 한다고 판결했다.

　한편 현재 인도네시아 현지에서는 반한 시위가 벌어질 정도로 극심한 혐한현상이 벌어졌다. 한국 정부는 이 책임을 산정그룹으로 돌리기 위해 노력하는 중이었다.

　그 때문에 재판부는 최대한 신중하게 판결을 내릴 수밖에 없었던 것이다.

한마디로 지금 산정그룹은 사면초가에 몰린 상황이었다.

이사회는 이 배상금과 함께 앞으로 산정자원의 행보에 대해 논의하기로 했다.

산정그룹 회장 김명철은 다소 무거운 표정으로 상석에 앉았다.

그런 그를 향해 양 갈래로 갈라져 앉은 이사진은 각자 목소리를 내기 시작했다.

"산정자원을 당장 매각해야 합니다!"

"아니, 말도 안 되는 소리! 그냥 인도네시아 쪽과 협상해 기업이라도 건져야지요!"

"무슨 말 같지도 않은 소리요?! 지금 저 애물단지 때문에 무슨 고생을 하고 있는지 정녕 모른단 말이오?!"

"하지만 기업가가 기업을 버리다니 그 무슨 말 같지도 않은 소리요?!"

"필요하다면 수족을 사르는 것이 기업가로서 옳은 판단이요! 뭘 알면서 지껄이는 거요?"

"지, 지껄여?! 이런 막돼먹은 사람을 보았나?!"

순간, 두 갈래로 갈라진 이사진이 자리를 박차고 일어나 서로를 향해 손가락질하며 난동을 피웠다.

"이 미친 사람들을 확 내쫓아야 하는데!"

"그런데 이 기본도 안 되어 있는 사람들을 그냥……!"

바로 그때, 김현철 이사가 그들을 향해 소리를 질렀다.

"그만! 그만하시죠! 패싸움이나 하자고 이사회를 소집한 것은 아니잖습니까? 부끄러운 줄 아십시오!"

"크, 크흠! 그거야……."

가만히 그들을 바라보고 있던 김명철 회장이 드디어 입을 열었다.

"대부분이 인도네시아 지부만큼은 처분하는 게 옳다고 말하고 있군. 그렇지 않은가?"

"뭐, 그건 그렇지요."

"흐음."

김명철 회장은 상당히 조용하고 신중한 성격으로 어떤 일을 처리할 때에도 결코 흔들리는 법이 없었다.

치밀하고 계산적이며 이해타산에 밝아 김명철이야말로 최고의 사업가라고 사람들은 입을 모았다.

만약 그가 회장직에 오르지 못했다면 지금쯤 산정그룹은 재계 순위 중간에도 걸치지 못했을지 모른다.

인간적인 면이야 어떻든 간에 그는 사업가적인 기질에 있어선 따라올 사람이 없을 정도였다.

"인도네시아 지부는 잘라내도록 하지."

"괜찮으시겠습니까?"

"별수 있나? 잘라낼 것은 잘라내야지."

"그럼 인도네시아 정부와 줄을 대도록 하겠습니다."

"그래, 그렇게 해서 일을 정리하도록 하자고."

그렇게 일을 마무리 지으려는 김명철에게 김현철이 물었다.

"죽어나간 사람들은 어쩝니까?"

"그들에 대해선 조사하는 중이라고 알고 있다. 이제 곧 연고가 분명한지 알게 되겠지. 그때 적당한 선에서 합의를 하자고."

"합의……."

"모든 일에는 이해관계가 분명하게 얽혀 있어. 그들 역시 돈을 바라고 이 난리를 피우는 것 아니겠나?"

"사람의 목숨을 두고 합의라니, 회장님은 최소한의 양심도 없으십니까?"

김명철은 고개를 갸웃거렸다.

"그럼 그들 앞에서 무릎이라도 꿇어야 한다는 건가? 그렇게 되면 돈을 받지 않고 넘어간다고 하던가?"

"그런 소리가 아니지 않습니까? 제 말 뜻은 최소한의 성의라도 보여야 한다는 겁니다."

"그래서 지금 합의를 한다고 하지 않나? 인간성이고 나발이고 일단 저들을 진정시켜야 사태를 수습할 것 아닌가? 모든 일을 감정적으로 처리했다간 무슨 사달이 일어날지 알 수가 없어. 우리는 그럴 때일수록 한 발자국 물러나서 일을 수습하는 태도를 취할 필요가 있지."

김현철 이사는 뭔가 떨떠름한 표정을 짓고 있었지만 다른 경영진은 모두 고개를 끄덕였다.

"역시 회장님이십니다."

"그래요. 실리를 봐야지 그 겉을 둘러싸고 있는 말도 안 되는 협잡꾼들에 현혹되면 안 되는 법이지요."

"……."

지금 일어난 사태는 산정그룹이 인도네시아 인부들에게 비인도적인 태도와 노동 착취를 했기 때문이다.

김현철은 이 인부들이 죽어나간 것이 모두 연극이라는 사실을 잘 알고 있다.

다만 이 기회에 그룹이 조금이라도 인간적으로 돌아갔으면 하고 바랐다.

처음 그가 회사에 들어왔을 때만 해도 그룹은 제대로 된 기업으로 성장하고 있었다.

사회에 공헌하고, 자사의 직원들을 아끼고 보살피며, 어려운 사람들을 도와주며 회사를 꾸려나가고 있었다.

그 힘으로 외환위기도 극복해 낸 산정그룹은 세 번째 회장을 만나면서부터 급격하게 변해 버렸다.

돈을 위해서라면 비인도적인 발상도 마다하지 않으며, 인간미라곤 전혀 찾아볼 수가 없었다.

김현철은 그런 산정물산이 이번 사건으로 인하여 조금이라도 변하기를 바랐다.

하지만 그것은 그의 작은 꿈에 불과했다.

'역시 변할 기미가 보이지 않는군.'

무려 100명이나 희생된 사건이다. 그는 회장이 조금이나마 변할 줄 알았다.

그러나 역시 그런 희망은 헛된 바람일 뿐이었다.

김현철 이사는 자리에서 일어나 이사회장을 나섰다.

"나머지는 당신들끼리 알아서 하시죠. 저는 이만 술이나 마시러 가야겠습니다."

"김현철 이사!"

"저, 저… 회장님 앞에서 등을 보이다니! 그것도 이사회장에서!"

그런 그를 바라보며 김명철 회장은 고개를 가로저었다.

"본인이 싫다는데 별수 있나? 계속하지."

"하지만……."

"애초에 나와는 거리가 먼 아이일세. 자신만의 세계가 있는 모양이니."

김현철 이사는 다시 강남의 클럽으로 향했다.

*　　　*　　　*

인도네시아에서 일어난 인부 사망 사건은 산정물산이 인도네시아 지부를 포기하고 피해자들을 수소문하여 배상하는 선에서 막을 내리기로 했다.

덕분에 산정물산의 이미지는 한없이 아래로 곤두박질치고 있었지만 워낙 각부각처에 후원을 많이 하는 산정물산이기에 곧 이미지를 회복할 터였다.

김현철은 이제 곧 또 다른 한 명의 희생자가 나와 시간을 버는 동안 김명철이 이미지를 회복시킬 것이라고 단언했다.

혹련의 특실.

오늘은 사이키 조명과 클럽 파티 대신 김치어묵전골과 소주가 곁들여진 알찬 상이 차려져 있었다.

김현철은 화수와 찬미에게 잔을 돌리며 말했다.

"아마도 증권가에 찌라시를 돌리고 뭔가 하나 크게 터뜨리겠지."

"으음, 이를테면 연예인 스캔들 같은 것 말입니까?"

"지금과 같은 사태라면 아마도 한국과 인도네시아 양쪽 모두가 집중할 수 있도록 동시에 두 가지 사건을 벌이는 것이 좋겠지."

"인도네시아의 스타를 이용하여 사건을 덮을 수 있을까요?"

"일단 사건을 무마시켰으니 시선만 집중시키면 사건은 금방 잊혀져. 원래 군중심리라는 것이 그렇지 않나?"

그는 예전에 일어났던 사건 하나를 떠올렸다.

"한 배우가 있었네. 그는 한국은 물론이고 할리우드까지 진출한다고 난리가 아니었지. 하지만 어처구니없이 결혼 후 꽃뱀 사건으로 세간을 떠들썩하게 했어."

"아하, 아이돌과 바람났던 그 사람 말이군요."

"그래, 그 사람. 예전부터 여성 편력이 있다고 말이 많던 그에게 아이돌을 접근시켜 협박하도록 지시한 사람이 있었네."

"설마……."

"바로 우리 형님일세. 아이돌에게 거액을 주고 그를 꼬드기라고 지시한 거야. 그녀들은 이제 막 피어나는 꽃이었는데 집안 형편이 그리 좋지가 못했어. 그래서 소속사와 집안에 돈을 좀 쥐어주니 일을 벌이는데 동의할 수밖에 없었던 거야."

"저런……."

"그 이후 그녀들은 수감생활을 할 뻔했는데 지금은 은거 중에 있어. 아마도 다신 이 세상에 얼굴을 드러낼 수 없을 테지."

"그러니까 한마디로 김명철 회장은 돈으로 사람의 인생을 송두리째 흔들어 버린 것이군요."

"그렇다고 볼 수 있지. 찬미의 경우도 그렇지 않은가? 집안의 스캔들이라고 사람을 10년 넘게 가두어두다니, 사람이 할 짓이 아니지."

아버지에 대한 분노로 가득 찬 찬미는 그에 대한 얘기가 나오는 것이 몹시도 불편한 모양이었다.

"…알 만한 사람이니 그만 말해요. 밥이 넘어가지 않겠어요."

"그래, 알겠다."

세 사람은 이제 화제를 다른 쪽으로 돌렸다.

"그나저나 인도네시아 화산이 딸린 회사를 인수해서 뭘 어쩌려는 것이냐?"

"비행기를 개조하고 있어요."

"비행기?"

"미국에서 폐기처분한 전투기를 우리가 수입해서 수리하고 있어요. 초도 물량을 수리해서 판매하고 나면 그 돈을 가지고 나머지 전투기를 모두 수입할 예정이죠."

"흐음, 전투기라……. 일본이나 북한에서 상당히 민감하게 반응할 텐데?"

"미국이 끼어 있으니 별말은 못할 거예요. 어차피 북한이야 늘 그랬듯 난리를 피우겠지만요."

"그렇군. 뭐, 계획이 그러하다면 그대로 밀고 나가는 것이 좋지."

그는 화수에게 잔을 건넸다.

"무슨 일을 하던 잘 선택해 주게. 리더를 잘 만나야 회사가 잘 돌아가는 법이거든."

"명심하겠습니다."

세 사람은 그대로 소주잔을 비웠다.

＊　　＊　　＊

인도네시아 사람의 명의를 빌려 KX홀딩스를 창립한 화수는 회사의 명의로 산정자원 인도네시아 지부를 인수했다.

그들이 가진 기반 시설과 영업 기반을 모두 인수하는 조건으로 한화 5억 원을 지불하기로 했다.

한화로 5억 원이지만 이들이 가진 기반을 따지면 약 15억은 족히 될 것이다.

다만 산정자원이 인도네시아 지부를 급매물로 내놓으면서 값이 삼분의 일가량으로 떨어졌다.

산정자원은 전 세계에 각각 2~3개의 지부를 가지고 있었는데, 산정자원 인도네시아 지부는 유일하게 단 하나의 지부를 소유하고 있었다.

인도네시아에서 거둘 수 있는 수익이 한정되어 있다고 판단한 김명철 회장이 투자금을 최소화했기 때문이다.

사실 산정그룹에서 출자했다고 소문이 돌면 투자자들이

대거 몰리게 마련이지만 인도네시아 지부는 그렇지 않았다.

증권가에서도 인도네시아 지부에 대한 평이 좋지 않았고, 실제로 현지에서의 인식도 형편없는 수준이었다.

김명철 회장은 이에 인도네시아 지부의 출자를 조금씩 줄여 15억 원에 이르도록 만들어 버렸다.

아마 지금과 같은 사고가 아니었다고 하더라도 산정물산은 이곳에서 철수했을지도 모른다.

한마디로 화수가 그 시기를 조금 앞당겼을 뿐이다.

일이야 어찌 되었든 이제 화수는 이곳을 마음대로 드나들 수 있게 되었다.

화수와 마도학자들은 마도학 장비를 착용하고 카와이젠 유황광산을 오르고 있었다.

"냄새가 아주 지독하군요."

"이 근방에서 마스크를 쓰지 않고 움직일 수 있는 사람은 없습니다. 그나마 경력 15년이 넘은 광부들이나 조금 더 오래 참을 수 있을 정도지요. 하지만 아무리 숙련되어도 인체에는 좋지 않으니 그들의 수명을 갉아먹는다고 봐야지요."

유황은 화장품이나 각종 소독제, 치료제로 쓰이지만 이것을 채취하는 사람들은 반대로 골병을 앓는다.

채취하는 방법에 따라 다르겠지만 인도네시아 유황광산은 그 품질이 상당히 높은데도 불구하고 채취 방식은 100년 전과 다를 바 없었다.

그 때문에 이곳에서 일하는 사람들은 대부분 목숨을 내놓고 일했다.

그럼에도 불구하고 이곳에서 노동 착취까지 당했으니 그들의 인권이 얼마나 유린되었는지 상상조차 할 수 없을 지경이다.

"어쩌면 우리가 광산을 인수한 것은 잘한 선택인지도 모르겠군요."

"많은 사람이 구제를 받았으니까요. 하지만 그들이 일자리를 잃었으니 어쩌면 좋습니까?"

베네노아는 이 회사를 이제 정상적으로 운영하여 일자리 창출에 도움을 줄 수 있는 방안을 제시했다.

"임금을 표준화시키고 일정 기간 근속하면 복리후생 수준을 높여주는 방안 등을 검토해 보시지요. 이제 이곳을 인수하셨으니 제대로 운영하시는 것이 좋겠습니다."

"으음, 그건 그렇군요."

"사회에 이바지하는 일이 그렇게 어려운 일이겠습니까? 사람들의 생활에 조금 더 관심을 갖는 것, 그게 시작이겠지요."

"맞는 말씀이군요. 용광로 설치가 끝나는 즉시 이곳에 다시 작업장을 차리도록 합시다."

"그러시죠."

정부와 잘만 협상하면 이곳에 각종 장비를 설치할 수 있을 테니 어쩌면 일본처럼 체계적으로 유황광산을 개발할 수 있을지도 모른다.

이윽고 두런두런 이야기를 나누며 도착한 카와이젠 분화구, 화수는 이곳에 마나코어로 제작한 굴착기를 설치했다.

마나코어로 만든 굴착기는 직경 4미터의 구멍을 뚫어 마그마가 지나가는 지역까지 연결할 것이다.

그리고 그곳에서 곧바로 용암을 퍼 올려 마나코어를 담금질해서 만든 미스릴을 다시 한 번 담금질하여 화염석을 제작하게 될 것이다.

이 작업은 마도학자가 아니면 할 수가 없기 때문에 한 번에 최대한 많은 양의 화염석을 제작해 놓고 모자라면 다시 이와 같은 작업을 반복하는 형식으로 제작을 해야 할 것이다.

위이이이이이잉!

마나코어 굴착기는 모든 동작을 마나가 제어하기 때문에 소음조차 발생하지 않는다.

다만 이것을 운용하는 데 들어가는 마나가 만만치 않다는 단점이 있었다.

화수는 한국에서 만들어둔 대형 마나코어를 무려 열 개나 소모한 후에야 굴착을 끝낼 수 있었다.

고오오오오오!

"용암이 분출되고 있군요. 이제 이곳에 용광로를 설치합시다."

"알겠습니다."

오리하르콘으로 만든 지지대에 마나코어로 만든 밧줄을 매달아 미스릴을 아래로 내려 보낼 수 있게 하는 것이 이번 작업의 관건이었다.

마나코어로 만든 밧줄은 일회용으로 한 번 사용하면 그 수명이 다하게 된다.

화수들은 밧줄에 얼음 마법을 걸어서 마그마의 엄청난 온도에서 약 15분가량 버틸 수 있도록 만들 것이다.

이때 미스릴에 마나를 집어넣어 용암에 있는 불의 기운을 금속에 부여하게 된다.

이 과정에는 상당한 양의 마나가 들어가기 때문에 하루에 한 번 작업하면 더 이상 작업을 할 수 없을 것이다.

"자, 시작합시다."

"후우."

마도학자들은 용광로를 설치하곤 이내 정신을 집중시켰다.

우우우우우우웅!

얼음 계열 마법들이 네 갈래로 갈라졌다가 한 줄기로 합쳐져 미스릴 밧줄을 감싸기 시작했다.

그리고 이내 그 엄청난 냉기가 용광로 주변을 가득 채워나갔다.

"지금입니다! 내려요!"

도르래와 가장 가까이 있던 베네노아가 잠시 손을 떼어 마나코어를 천천히 내렸다.

끼릭, 끼릭.

그리곤 다시 대열에 합류하여 마나를 불어넣었다.

약 10분 후, 네 명의 마도학자는 점점 지쳐가기 시작했다.

"허억, 허억."

"힘들면 놓으세요."

"아, 아닙니다. 할 수 있어요."

15분이라는 시간을 버틸 수 있는 것은 엄청난 정신력이 아니면 불가능했다.

찬미는 자신의 모자란 마나를 정신력으로 커버하고 있었다.

<u>ㅊㅊㅊㅊㅊㅊㅊ!</u>

"드디어 미스릴이 붉어지기 시작합니다! 조금 더 집중하세요!"

"네!"

이제 곧 미스릴이 연분홍색에서 타오르는 듯한 붉은색으로 변해갈 것이다.

이때 집중력을 잃으면 지금까지의 고생이 전부 허사로 돌아간다.

우우우웅, 팟!

"돼, 됐다! 이제 올립시다!"

화수는 곧바로 얼음 마법을 유지한 채 도르래를 돌려 불의 기운을 머금은 미스릴을 끌어 올렸다.

그리곤 그것을 마나코어를 갈아서 만든 담수에 집어넣었다.

치이이이이익!

그러자 마나코어가 공기 중으로 증발하면서 만들어낸 은색 가루가 바람을 타고 흩날렸다.

촤르르르르.

찬미는 땀을 비 오듯이 흘리면서도 미소를 머금고 그 광경을 바라보았다.

"아름답군요."

"자연의 신비는 이럴 때 보이는 겁니다. 아마 이런 풍경은 돈을 주고도 볼 수 없을 거예요."

세 사람은 넋을 놓고 그 광경을 바라보았다.

*　　　*　　　*

작업 일주일째.

네 사람은 총 10㎏의 화염석을 제작할 수 있었다. 이 정도

분량이라면 족히 150대의 비행기를 제작할 수 있을 터였다.

이제 화수는 이곳에 인부들을 투입하여 1차 작업을 마무리했다.

아무리 유명무실한 회사라 해도 운영이 제대로 되지 않으면 문을 닫을 수밖에 없다.

유황광산에 들어오겠다는 회사는 한둘이 아니기 때문에 유지를 해주지 않으면 말짱 허사다.

화수는 KX홀딩스 산하에 티베리 자원이라는 자회사를 출범시켜 인부들을 모집했다.

그는 평균 임금의 약 1.5배를 제시하고 그들에게 방독면과 산소통을 지급하기로 했다.

그리고 방진복과 냉동 마법이 걸린 보호 장구류를 보급하여 작업을 수월하게 만들었다.

이렇게 작업하게 되면 하루에 작업할 수 있는 양이 상당히 늘어나기 때문에 수익률 또한 좋아질 터였다.

화수는 이 광산에 컨베이어벨트를 설치하는 방안에 대하여 정부와 협상을 벌이기로 했다.

인면피구를 제작하여 사장으로 위장한 화수가 만난 인도네시아 산업자원부에서 나온 탄리 아방은 화수가 제시한 기획서를 읽어보곤 낮게 신음을 흘렸다.

"흐음, 컨베이어벨트라……. 그러다 화산이 폭발하면 어떻게 책임질 겁니까?"

"그런 걱정은 하지 않으셔도 됩니다. 컨베이어벨트는 차량이 진입할 수 있는 곳까지만 연결할 것이고, 작업 또한 아주 신중하게 진행될 겁니다. 저희 측에서 저명한 지질학자도 수소문했으니 걱정하실 필요 없습니다."

"지질학자요?"

화수는 그에게 지질학자로 변장한 샤넬리아의 명함과 사진을 건네주었다.

"저희와 계약한 사실은 그녀에게 알아보시면 될 겁니다. 여기 명함이 있습니다."

"흐음, 바르카보크 교수라⋯⋯. 들어본 적이 있습니다."

그녀는 바르카보크 일렌시아라는 이름으로 지질학 학위를 취득한 적이 있었다.

그리고 그녀가 박사학위를 취득하면서 발표한 논문은 아주 큰 호평을 받았고, 그녀는 인도네시아 지진 때 이곳을 내방하여 봉사활동에 전념했다.

때문에 산업자원부 직원이 그를 모를 리가 없었다.

"그렇다면야 우리로선 손해 볼 것이 없지요. 유지비는 어떻게 하실 겁니까?"

"저희가 모두 부담합니다. 물론 세금도 낼 것이고요."

그는 최대한 이 컨베이어벨트를 자국에 유리하도록 묶어

두려 했다.

"좋습니다. 대신 이 컨베이어벨트는 정부에서 사용하고자 건의한다면 싼값에 대여해 주셔야 합니다. 물론 정부가 철거 명령을 내리면 철거해야 하고요."

"철거 명령을 내릴 수 있는 기준과 명확한 사유 등을 지정해 주시면 그리하겠습니다."

"알겠습니다. 그 사안에 대해선 우리 정부가……."

"저희 회사가 참관하고 그것을 서로가 인정하는 선에서 계약을 진행하시지요."

아무리 화수가 컨베이어벨트 설치를 서두른다고 해도 말도 안 되는 노예계약까지 채결해 가면서 설치할 필요는 없다.

한 차례 반박을 당한 그는 당황한 기색을 보였다.

"뭐, 그렇다면야……."

"그게 안 된다면 저희도 이곳에 머무를 필요가 없다고 봅니다. 컨베이어벨트의 설치 비용과 유지비를 저희가 모두 다 부담하는 판에 더 이상 손해를 볼 수는 없거든요."

그는 어쩔 수 없다는 듯이 고개를 끄덕였다.

"뭐, 그럽시다. 그럼 내일 다시 청에서 뵙지요."

"예, 알겠습니다."

두 사람은 손을 맞잡았다.

"잘 부탁합니다."

"저야말로."

과연 이들의 공생이 얼마나 오래갈지는 두고 볼 일이었다.

*   *   *

화수는 인도네시아 정부에서 정한 기준의 약 40%만 수용하고 나머지는 폐기하는 조건으로 컨베이어벨트 설치를 인가받았다.

정부의 입장에서야 공짜로 컨베이어벨트를 설치해 준다는 데 마다할 이유가 없었다.

컨베이어벨트를 설치하고 나자 인부들이 테베리 자원으로 모여들기 시작했다.

뛰어난 장비는 물론이고 작업장 중간중간에 수도 시설까지 설치하여 얼굴을 씻거나 수분을 보충할 수 있어 인부들은 줄을 서서 이곳에 지원했다.

덕분에 화수는 회사 출범 나흘 만에 200명가량의 인부를 고용할 수 있게 되었다.

그는 일단 이 인부들을 컨베이어벨트 설치와 수도관 설치에 동원했다.

가장 먼저 실시한 것은 헬리콥터를 이용하여 컨베이어벨트를 놓고 그것을 인부들이 손으로 설치하는 일이다.

마나를 운용할 수 없는 인부들이라 만능 드릴을 사용할 수는 없기에 독일에서 공수한 해머드릴을 사용하기로 했다.

드드드드드드드!

망치로 일일이 두드려 박는 것보다야 훨씬 나았기 때문에 인부들은 기꺼이 컨베이어벨트를 설치했다.

그리고 나머지 인력은 전부 지하수를 끌어와 수도 시설을 설치하는 데 사용되었다.

현지 전문가들과 함께 진행한 이번 작업은 샤넬리아가 자문을 맡았다.

"지반을 건드리지 않는 선에서 작업하세요. 그리고 제가 정해놓은 구역을 벗어나선 안 됩니다. 아시겠죠?"

"네, 알겠습니다."

그녀의 진두지휘 속에 수도 시설 확충은 약 일주일 정도 걸릴 예정이다.

어차피 일정 수위 이하는 대부분의 시설이 확충되어 있었기 때문에 문제될 것이 없었다.

아무리 산정그룹이 양심이 없다곤 해도 자신들이 먹고살 수 있는 기반 정도는 닦아둔 상태였다.

덕분에 작업이 조금은 수월해질 예정이다.

일주일 후, 화수는 컨베이어벨트 설치와 수도 시설 확충을 끝내고 마도학 장비들을 보급했다.

그리고 인부들은 그 장비를 차고 작업에 투입되었다.

20분 작업에 20분 휴식.

산소통이 비워지면 충전 시간까지 고려해 작업 스케줄을
짰다.

까앙, 까앙!

이젠 헬버드처럼 생긴 꼬챙이로 유황을 캐내기 때문에 작
업이 조금 더 수월할 것이다.

그리고 50㎏에 달하는 짐을 짊어지고 가파른 산을 내려가
지 않아도 되기 때문에 안전사고 걱정도 없었다.

인부들은 이제야 좀 살 만하다는 표정을 지었다.

"그래, 이런 작업이라면 한 달 내내 하라 해도 하겠어."

"그러게 말이야."

화수는 인부들과 함께 작업해 보곤 상당히 만족해했다.

'이제 걱정 없겠군.'

화수는 자신이 벌여놓은 일을 모두 수습하고 다시 한국으
로 돌아가 비행기 개조에 몰두할 생각이다.

8장

괴물 전투기를
만들어내다

　터빈과 노즐 등의 문제를 해결하고 나니 엔진 개발은 그야
말로 일사천리로 진행되었다.

　현재 F15 전투기의 경우엔 초음속을 넘나드는 마하 2.3의
최고 시속을 가진다.

　또한 항속 거리 4,445㎞에 최대 전투 반경은 1,800㎞이다.

　이 항공기를 유지하는 데 들어가는 연료를 돈으로 환산하
면 어마어마할 것이다.

　비행기를 두고 연비를 따지는 것 자체가 우스운 일이지만,
최대 항속 거리를 늘린다는 것은 분명 중요한 일이다.

화수는 비행기 엔진에 초대형 마나코어로 만든 보조동력기를 부착하고 열전도 터빈을 장착시켰다.

비행기에서 뿜어져 나오는 엄청난 열을 다시 복사열충전지에 담아서 재사용하는 방식이다.

샤넬리아의 계산에 따르면 현재 비행기의 항속 거리를 최대 열 배, 최소 여덟 배까지 늘릴 수 있다.

또한 출력의 경우엔 마하 3.1에 달하는 엄청난 속도를 낼 수 있다.

다만 이 초음속 비행이 가능한 조종사를 찾는다는 것이 상당히 힘들다는 것이 문제다.

일이야 어찌 되었든 화수는 이제 그 누구도 범접할 수 없는 괴물 엔진을 만들어낸 것이다.

기본적인 베이스는 기본 F15 전투기의 엔진이지만 그 속에 들어간 부품은 모두 마나코어로 담금질한 금속들이다.

아마 대기 중에 마나가 소멸하지 않는 이상은 비행기가 추락할 일은 절대로 없을 터였다.

화수는 샤넬리아와 함께 전투기 엔진 수치 테스트를 진행했다.

위이이이이이이잉!

엄청난 굉음을 내뿜어야 할 전투기 엔진이 아주 정숙한 소리를 내고 있다.

"이제 초음속에 돌입한다. 준비되었지?"

"물론."

샤넬리아는 전투기가 마하 3.1에 돌입하는 과정을 시뮬레이션했다.

그러자 비행기 엔진이 푸른색 오로라를 뿜어냈다.

슈가가가가가각!

그리고는 그 엔진에서 뿜어져 나오던 열이 다시 엔진으로 되돌아가며 복사열충전기를 자극했다.

이 과정에서 일어나는 마나의 파장이 소음을 잡아먹어 속도를 높일수록 오히려 소음이 줄어드는 현상이 일어났다.

만약 이곳에서 실험이 일어나고 있다는 사실을 모른다면 아무도 비행기 엔진이 돌아가는 줄 모를 정도였다.

"완벽하군."

"아마 이 정도면 초음속 비행 도중에 스텔스 기능을 작동시켜도 완벽히 위장할 수 있을 거야. 레이더와 음파 탐지가 모두 무용지물이 되면 제공권을 장악하는 데 아주 유리하게 작용하겠지."

"이번엔 아주 제대로 사고를 치겠군그래."

"어차피 너와 내가 만드는 작품이라면 되도록 크게 사고치는 편이 좋겠지."

"후후, 하긴."

점점 마도학으로 만들 수 있는 괴물병기가 탄생하는 느낌이 들었다.

＊　　　＊　　　＊

화수가 개조한 전투기에는 S라는 알파벳이 붙을 예정이다. 현재 개발 중인 F15전투기의 경우엔 SF―15라는 이름이 붙게 된다.

만약 이것을 한국에 수출하게 된다면 KSF―15전투기라는 이름이 붙을 것이다.

그는 SF―15전투기에 아주 많은 기술을 탑재할 예정인데, 이것은 비행기가 마나 신경체계로 연결되어 유기적으로 움직여 기동시킬 것이다.

화수는 엔진에서 발현되는 복사열을 충전해서 에너지를 만들어내는 충전지로 각 부분에 붙은 마나코어를 자극시킬 수 있게 했다.

그 가장 첫 번째 장비는 바로 레이더 시스템이었다.

기존의 레이더 장비는 대부분 전파를 출사시켜 그것이 되돌아오는 정보를 디지털로 변환하여 표시하게 된다.

하지만 화수는 그보다 훨씬 더 정밀하고 세세하며 감지가 빠른 레이더를 구성하기로 했다.

그것은 바로 마나 스캔 방식인데, 전투기에 마나코어를 부착하고 그것에서 송출된 마나가 전방 10㎞ 이내를 스캔하여 화면에 송출하는 방식이다.

이 방식은 자연계 물질로 이뤄진 것이라면 모두 세세히 관찰할 수 있으며, 그저 점으로 표시되는 레이더와는 비교도 할 수 없는 정확성을 가진다.

마나 레이더는 그 종류와 크기에 따라서 디지털 창에 입체화된 그래픽을 송출시켜 조종사가 즉각적으로 대응할 수 있게 했다.

이 시스템은 추후에 선박이나 전투함에도 사용할 수 있을 것으로 기대된다.

화수는 마나코어로 만든 레이더 송출기에 전자극을 가했다.

팟!

그러자 레이더에서 마나가 뿜어져 나와 주변을 검색하기 시작했다.

삐빅, 삐빅!

반경 10㎞ 이내에 있는 모든 물체가 감지되어 디지털 계기판에 그 모습을 드러냈다.

"자동차, 선박, 심지어 목재의 종류까지. 대단하군요."

베네노아는 자신이 보아온 레이더와는 아예 차원이 다른

마나 스캔 방식을 바라보며 감탄을 금치 못했다.

현대과학과 마도학이 만나면 만들 수 없는 것이 없다는 화수의 가설은 이로써 조금씩 입증되고 있는 셈이다.

"이 정도 기능이라면 스텔스고 뭐고 힘을 쓸 수 없을 겁니다. 심지어 경계근무에 사용되면 적을 탐지하기 좋겠지요."

소형 탐지기의 경우엔 물체를 식별하기가 힘들지만 마나 스캔 방식의 경우엔 그 한계를 뛰어넘었다.

아마도 이 물건이 시장에 나가면 큰 파장을 불러일으킬 것이다.

화수의 전투기는 그렇게 점점 진화했다.

*   *   *

SF—15는 유도미사일 정밀 타격기가 장착되어 있다. 이것은 마도학으로 만든 조종기를 미사일에 부착하여 미사일이 목표물을 정확하게 타격하도록 돕는다.

또한 정밀 타격과 정반대로 적이 SF—15를 발견했을 때엔 마나 파장을 퍼뜨려 전자 신호를 차단하도록 했다.

이렇게 하면 아무리 성능이 좋은 유도미사일이라도 곧바로 무용지물이 되어 공중에서 폭발을 일으키거나 불발탄이 되어 지상으로 떨어져 내리게 된다.

이는 최후의 경우엔 근거리 교전 중의 전투기를 무용지물로 만들어 버리는 효과도 있다.

화수는 전자기기를 모두 무용지물로 만들어 버리는 일시적 EMP 장치를 개발했다.

그리고 샤넬리아는 전투기가 약 3초간 전기 없이 비행할 수 있도록 하는 마나 보조동력을 고안해 냈다.

이것은 전투기의 엔진이 타격을 받아 불시착하게 될 때에도 사용하게 될 테니 조종사의 생존율을 높이는 데 혁혁한 공을 세우게 될 것이다.

화수는 주변에 있는 전자기기들을 무력화시키는 EMP 장치를 기동시켰다.

위이이이이잉!

"모두 핸드폰 전원을 끄세요. 다른 전자기기도 마찬가지고요."

전류가 흐르는 계기판을 모두 무용지물로 만들어 버리기 때문에 핸드폰을 비롯한 정밀기기는 모두 타격을 입는다.

네 사람은 모두 핸드폰을 끄고 주변의 전원을 모두 차단시켰다.

그리고 실험에 사용될 물건들만 작동을 시켜놓고 마나코어에 자극을 주었다.

우우우웅, 퍼엉!

"허억!"

이윽고 강렬한 EMP의 파장이 주변을 푸른 물결로 도배해 버렸다.

가까스로 눈을 뜬 세 사람은 주변의 기기가 모두 먹통이 되어 스파크를 토해내고 있음을 알 수 있었다.

치지지지지직!

"대단하군요. 이 정도라면 제공권은 물론이고 지상전에서도 절대 패배할 수가 없겠어요."

"마도학 장비는 일반적인 과학 장비를 무력화시키는 데 특효입니다. 지금과 같은 경우가 그 가장 좋은 예라고 할 수 있지요."

"흐음."

"다만 이 물건이 나쁜 용도로 사용되지 않도록 우리가 노력해야 할 겁니다."

괴물을 만들어내는 만큼 그에 대한 책임감도 막중해지게 마련이다.

이 기술이 탈취되는 것은 문제가 되지 않지만 이 물건을 악용하는 사례가 발생해선 안 되었다.

베네노아는 이 물건들이 악용되지 않도록 하는 보안 시스템 구축을 건의했다.

"이 무기들을 제어할 수 있는 보안 기술까지 개발해 주시지요. 그래야 안심하고 수출을 할 수 있지 않겠습니까?"

"으음, 그렇군요. 그 점에 대해선 저와 샤넬리아가 충분히 심사숙고한 다음 진행하겠습니다."

이제 전투기 개조가 절반쯤 완성되었다.

*　　　*　　　*

각종 편의 시설이 완성되었지만 화수와 샤넬리아가 가장 신경을 쓴 부분은 바로 수직 이륙과 스텔스 기능이었다.

스텔스는 단순히 레이더에 탐지되지 않아 적을 교란시킬 수 있는 기능이지만, 화수가 만든 전투기는 그 이상을 보여주었다.

초음속으로 비행하면서도 비행기구름이나 소닉붐 현상 등을 일으키지 않도록 비행기의 소음을 최소로 줄인 것이다.

여기에 항공모함이나 협소한 활주로에서도 이륙이 가능하도록 수직 이륙을 고안해 냈다.

수직 이륙은 선체 하부에 달린 보조동력기가 바람의 마법인 플라이(FLY)를 일으켜 비행기를 띄우는 방식이다.

플라이가 발현되면 안티 그레비티, 즉 저항중력마법을 발동시켜 전투기를 공중으로 높게 띄워 올리게 된다.

다만 이때 정확하게 중심을 잡아내지 못하면 비행기가 뒤집힐 수도 있기에 아주 세심한 조작을 요한다는 것이 문제였다.

화수는 이 문제를 첨단과학으로 돌파했다.

비행기 시스템 전문가인 맥스는 영국의 수직 이륙에 대한 밸런스 시스템 개발에 참여한 경력이 있기에 마도학 장비를 조금만 첨가해도 충분히 시스템을 개발할 수 있을 터였다.

그는 네 사람이 개발한 시스템을 둘러보며 감탄사를 연발했다.

"이게 모두……."

"우리가 개발한 겁니다. 어때요?"

"이건… 혁신입니다! 아니, 진화라고 해도 과언이 아니겠군요!"

과학자로서, 또한 전투기 개발자로서 그는 흥분을 감추지 못했다.

맥스는 자신이 이곳에 와서 잃는 것이 더 많다고 생각했는데, 이젠 그 생각을 깡그리 지워 버릴 수 있을 듯했다.

"이젠 좀 개발에 적극적으로 참여할 생각이 듭니까?"

"물론이지요! 오오, 이런 기회가 내게도 오다니, 감사합니다!"

"후후, 별말씀을요."

그는 자신이 집에서 대충 만들어온 시스템들을 쓰레기통

에 던져 버렸다.

"이딴 것은 이제 집어치우겠습니다. 제대로 만들어야지요."

샤넬리아는 그의 멱살을 쥐어 잡았다.

"이런 머저리 같으니, 당신 지금 나랑 장난해? 지금까지 만든 것은 다 뭐야?"

"미, 미안해. 난 이 정도로 뛰어난 기술력을 가질 것이라곤 전혀 상상하지 못했거든."

화수는 그녀의 손을 떼어냈다.

"그만, 이 사람도 그만한 사정이 있었잖아."

"쳇. 여자에게 차인 것이 뭐 잘한 일이라고."

"샤, 샤넬리아……!"

그녀의 타박에도 그는 전혀 굴하지 않았다.

"그래, 난 여자에게 차였지. 하지만 이젠 그 여자보다 훨씬 더 매력적인 여성을 만났어. SF—15, 이제 이 기체가 나의 애인이자 자식이야. 다 필요 없어!"

그가 엄청난 의지를 불태우고 있으니 아마도 조만간 전투기 시스템이 제대로 구축될 것이다.

* * *

맥스는 꽃뱀으로부터 되돌려 받은 돈을 시스템 구축에 필요한 인력을 동원하는 데 모두 쏟아부었다.

사실 전투기 개발에 가장 돈이 많이 들어가는 부분은 엔진과 시스템 구축인데 그중에 하나를 그가 해결한 셈이다.

화수는 한창 연구팀과 함께 슈퍼컴퓨터와 씨름을 거듭하고 있는 맥스에게 물었다.

"전 재산을 다 투자해도 괜찮겠습니까? 우리가 계약한 것은……."

"그딴 것은 이제 아무런 의미가 없어요. 난 이 기체가 하늘을 날 수 있다면 그것으로 족합니다. 그리고 그 개발자 명단에 내가 올라갈 수 있다면 된 것이죠. 난 그것으로 이 세상에 길이 이름을 남길 겁니다."

전문가인 그가 이 정도로 생각한다면 SF—15의 위력은 확실히 대단할 것이다.

때문에 화수는 기체 개발에 대한 모든 것을 비밀에 붙이고 있었다.

"보안은 문제되지 않겠지요?"

"물론입니다. 이 사람들은 이 비행기가 어떻게 사용될지 몰라요. 프로젝트에 대한 것도 모르고요. 아마 출시 전까진 입을 열고 싶어도 못 열 겁니다."

"으음, 그렇다면 다행이고요."

"아무튼 이 차트를 확인해 주십시오. 내가 지금까지 열과 성을 쏟아 만든 겁니다."

그는 화수에게 자신이 만들어온 시스템 구축에 대한 보고서를 차트로 만들어 보여주었는데 그 성과가 대단했다.

미국에 수백억을 내도 구축하기 힘든 시스템을 척척 구축하고 있었던 것이다.

"유지 보수에 대한 것은 우리가 인센티브를 받고 진행하기로 합시다. 어때요?"

"좋을 대로 하십시오. 하지만 그렇게 되면 당신은 우리 회사에 귀속되어야 합니다만?"

"그렇게 되면 저야 좋지요."

아무래도 맥스는 이수그룹에 뼈를 묻을 생각인 듯했다.

"동료가 되겠군요."

"SF—15를 고안한 당신입니다. 동료가 되지 않으면 내가 더 서운할 판입니다."

두 사람은 이제 드디어 제대로 의기투합하여 팀을 구성하게 되었다.

　　　　　*　　　　*　　　　*

어느덧 전투기의 개발 막바지.

이제는 조종사를 생존시키고 비상시에 대처할 수 있는 능력을 갖추기로 했다.

F—15전투기는 전투 중 해상에 추락하면 그대로 사망할 수밖에 없는 구조였다.

화수는 이를 보완하기 위해 비행기 기체에 수중에 비상 착륙을 도모할 수 있게 도와주는 보조 동력장치를 따로 마련했다.

그리고 부력을 생성할 수 있는 바퀴를 개발했다. 이 안에는 바람 계열 마법이 걸린 마나코어가 달려 있어 수중에서도 안전하게 기체를 띄울 수 있다.

만약 항공모함이 이륙할 수 없는 순간이 온다면 바지선이 전투기를 줄줄이 매달고 적진까지 침투해서 한 기씩 전투기를 수직 이륙시킬 수도 있는 것이다.

기밀에 붙여져 실험이 거듭되고 있기 때문에 마도학자들은 이것을 바다와 비슷한 환경에서 실험할 수밖에 없었다.

때문에 초대형 수조에 바닷물을 받아놓고 이 위에 전투기를 띄워 부력이 얼마나 생기는지 실험해야 했다.

화수는 크레인에 전투기를 매달고 그것을 들어 올려 바닷물 위에 아무렇게나 내려놓았다.

콰아앙!

다고 충격이 전해져 전투기 안이 흔들리긴 했지만 죽을 정도는 아닌 듯했다.

에어백을 설치할 공간이 없는 전투기가 바다에 착지하면 죽을 수도 있겠지만 추락해서 즉사하는 것보다는 훨씬 나은 선택이 될 것이다.

화수는 전투기 위로 올라가 전투기의 상태를 진단했다.

"홀로그램 계기판과 적외선조준기, 나이트비전 모두 정상입니다."

SF―15전투기는 야간 폭격에 특화되어 있는데, 전투기 유리창에 적외선조준기와 나이트비전, 홀로그램 계기판이 달려 있어 불빛이 없이도 폭격을 할 수 있도록 만들었다.

엔진 소음이 전혀 없는 SF―15가 스텔스 기능을 켠 채 적진에 침투한다면 단 한 대의 침입만으로도 한 개 사단이 괴멸되는 것은 시간문제일 것이다.

또한 최대 비행 거리가 4만㎞가 넘는 SF―15는 폭격을 마치고 곧장 회항하지 않아도 된다.

그렇다는 것은 적의 추격을 피해 하늘로 숨는다면 생존율을 더 높일 수 있다는 소리가 된다.

샤넬리아는 슈퍼컴퓨터가 측정한 수치를 화수에게 알려주었다.

"복불복이야. 만약 수직으로 낙하한다면 조종사가 죽을 것이고 비스듬히 불시착한다면 뼈가 하나 부러지거나 기절한 상태로 살아남을 수 있겠지."

"으음."

기체가 살아남아 적진을 부유한다는 것은 상당한 위험이지만 SF—15는 그 위험을 애초에 제거하기 위해 자폭 시스템을 도입했다.

만약 조종사가 적진으로 떨어져 내리면 경계 시스템이 조종사의 맥박을 측정한다.

그러다가 조종사의 맥박이 1분 이상 정지하게 되면 자동으로 자폭 시스템이 작동하게 되는 것이다.

이렇게 자폭 시스템을 가동시키게 되면 적진에 아군의 기밀을 제공하지 않게 되며, 기체를 빼앗기지 않으니 일석이조라고 할 수 있었다.

하지만 조종사의 시신을 찾을 수 없게 된다는 것이 유일한 단점이었다.

어차피 생존율을 높이는 것이 목적이지 무조건 생존시키는 것은 불가능한 것이 비행 기술이다.

"좋아, 이대로라면 곧장 납품을 해도 되겠어."

"그렇다면 지금 이 정도 기능을 유지하면서 개량을 멈춰도 되겠군."

"그래, 딱 지금 이 상태로 납품하자고."

개발을 마친 화수는 이제 기계를 사들일 대상을 물색했다.

　　　　　*　　　　　*　　　　　*

　서울 강북에 위치한 작은 술집.

　이곳에서 국방부차관과 미국 방위산업체 KD사의 회장이
밀회를 갖고 있었다.

　KD사는 주한미군에 군수품을 조달하고 있는데, 국방부차
관과도 꽤나 막역한 사이다.

　국방부차관 김성중은 주한미군 카투사에서 근무했다. 그
때 KD사 회장인 데이비드 콜드먼과 함께 군 생활을 했다.

　때문에 사회에 나온 두 사람은 서로 협력하며 돈독한 우정
을 쌓아갈 수 있었던 것이다.

　데이비드 콜드먼은 오랜만에 만난 전우와의 술자리에서
슬쩍 공적인 얘기를 꺼냈다.

　"자네 요즘 K—X 사업이다 뭐다 해서 머리가 아프다지?"

　"후, 그게 어디 하루 이틀 일인가? 걸핏하면 국방부 감사다
뭐다 조져대면서 걸핏하면 그것으로 당파싸움까지 벌이지 않
나 아주 죽을 맛이지, 뭐."

　"그럼 내가 자네에게 좋은 사람 하나 소개시켜 주면 머리
가 좀 덜 아프겠군."

　"좋은 사람?"

"중고 전투기를 개조하는 사람이라는데, 미군에서 사용하던 퇴역 F—15를 개조해서 판매하고 싶다더군."

김성중은 실소를 흘렸다.

"후후, 말도 안 되는 소리. 그 낡은 기체들을 무슨 수로 개조하나? 미군이 사용하다 퇴역시킨 물건이라면 그 생산 연도가 족히 20~30년은 지났을 텐데."

"뭐, 그건 한번 만나보면 알 일 아닌가?"

"되었네. 제3국이나 가서 장사하라고 전해주게."

"이 친구도 참. 그냥 혈기 넘치는 젊은이와 한잔한다고 생각하게."

"됐어."

데이비드 콜드먼의 강권에도 그는 여전히 요지부동이었다.

하지만 데이비드 콜드먼은 물러서지는 않았다.

"내가 부탁 좀 함세. 친구 좋다는 것이 뭔가?"

"거참……."

"알겠지? 한번 면담이라도 해주게. 중요한 지인이 부탁한 일이야."

가만히 그를 바라보면 김성중은 어쩔 수 없다는 듯 고개를 끄덕였다.

"…알겠네. 대신 말도 안 되는 소리를 지껄이면 바로 펀치를 날릴 걸세."

"좋을 대로."

이윽고 데이비드가 전화를 한 통 걸자 술집 문이 열리며 말끔한 모습의 청년이 모습을 드러냈다.

"으음, 일단 허우대는 멀쩡하군."

"청년이 꽤 괜찮다네."

술집의 문을 열고 들어선 청년은 김성중에게 정중히 인사를 건넸다.

"안녕하십니까? 이수그룹 강화수라고 합니다."

김성중은 그제야 이 청년이 요즘 대세인 젊은 사업가임을 눈치챘다.

설마하니 화수가 나타날 줄은 꿈에도 몰랐던 그는 조금 당황한 눈초리로 화수를 바라보았다.

"오오, 강 회장. 얘기는 많이 듣고 있습니다. 요즘 아주 핫하다고요?"

"별말씀을요. 그냥 운이 좋았을 뿐입니다."

데이비드는 자리를 피해주었다.

"그럼 둘이 얘기 좀 나누세. 나는 이만 강남으로 넘어가서 지인과 술을 마셔야 해서 말이야."

"뭐? 벌써 가나?"

"이따가 얘기 끝나면 전화하게. 다시 오도록 하지."

"알겠네."

이윽고 그는 선술집에서 나갔고, 김성중은 화수에게 용건을 물었다.

"그래, K—X 사업에 줄을 대고 싶다고요?"

"줄을 댄다기보다는 그저 차관님께 이 보고서와 영상을 보여드리고 저희가 어느 정도까지 왔는지 평가를 받고 싶을 뿐입니다."

"으음, 좋아요. 보고서나 한번 봅시다."

화수는 그에게 SF—15라는 이름이 적힌 서류 봉투를 건넸다.

"SF—15라……. F—15를 개조해서 만들었기 때문에 붙인 이름인가요?"

"예, 그렇습니다."

김성중은 화수가 건넨 보고서를 천천히 읽어 내려간다.

그리고 잠시 후, 그는 연신 고개를 갸웃거렸다.

"너무나 허무맹랑한 소리군요. 마하 3.0의 속도에서 소음이 거의 제로라니, 이건 좀……."

"그래서 제가 영상을 준비했습니다."

화수는 그에게 실제 SF—15가 하늘을 나는 영상을 재생해 보여주었다.

베네노아가 직접 조종간을 잡았다.

휘이이이이잉!

계기판에는 SF—15가 마하 3.0을 주파하는 것을 보여주고
있으며, 지상에서는 정밀 스피드건으로 그 속도를 측정했다.

삐리리릭!

[속도: 3,320㎞]

그 영상을 두 눈으로 지켜본 김성중은 도저히 믿을 수 없다
는 듯 고개를 가로저었다.

"마, 말도 안 됩니다!"

"믿을 수 없으시겠지요. 하지만 영상으로 보셨다시피 사실
입니다. 저희는 미국에서 F—15 전투기를 300대 인도받기로
했습니다. 이것을 개조해서 제3국에 팔 수도 있지만 그러기
엔 제 양심이 허락하지 않아서 차관님을 찾은 겁니다."

"으음."

이 단편적인 영상만으로 모든 것을 판단할 수는 없지만 만
약 화수의 말이 절반만 맞아도 이것은 그야말로 일급 기밀이
된다.

"우선… 자리를 옮기시죠."

"예, 알겠습니다."

두 사람은 술집을 나와 곧장 국방부 사유지로 지정된 비밀

가옥으로 향했다.

＊　　　＊　　　＊

원래 이곳 비밀 가옥은 대통령이나 VIP를 비상시에 보호하기 위해 만든 곳이지만 가끔 밀담이 필요할 때 사용하기도 했다.

오늘 이곳에는 국방부차관과 공군참모총장이 화수와 함께 자리하고 있었다.

공군참모총장 이영문 대장은 화수가 보여준 영상을 보며 도저히 믿을 수 없다는 듯이 말했다.

"실제 영상인 것은 틀림이 없지만 이것을 도저히 믿을 수가 없으니……."

"원하신다면 내일 당장에라도 저희 실험실로 데려다 드릴 수도 있습니다. 그곳에서 직접 비행기를 몰아보시면 진실인지 아닌지 알게 되실 겁니다."

이영문 대장은 파일럿부터 차근차근 단계를 밟아 지금의 참모총장 자리에 오른 사람이다.

그의 비행 경력은 대한민국에서 가장 길며, 실제 작전에도 다수 참전하여 그 공적을 인정받았다.

만약 그가 비행기를 탄다면 확실히 그 편의 기능과 뛰어난 성능들을 검증할 수 있을 터였다.

김성중이 이영문을 바라보며 물었다.

"어떻습니까? 검증하실 수 있겠어요?"

"예, 차관님. 하지만 제가 검증한다고 이것이 K-X 사업의 차기 전투기로 선정될 수 있겠습니까?"

K-X 사업은 대한민국 공군의 차기 전투기를 산정하는 사업인데, 이 사업에는 수많은 이해관계가 얽혀 있었다.

유로파이터를 비롯한 유럽산 전투기부터 인도산 전투기까지 다양한 전투기가 물망에 올라 있었다.

하지만 아직까지 로비 전쟁이 계속되고 있어 과연 누가 낙찰될지는 아직 미지수였다.

"만약 차기 전투기가 되지 않는다면 부 전력으로 투입하고 성능 검증을 거쳐봅시다. 그럼 되는 것 아닙니까?"

"으음, 차관님께선 이미 마음을 정하신 모양이군요."

"부끄럽지만 처음 이 전투기를 볼 때부터 마음에 들었습니다. 지금 당장에라도 장관님을 찾아뵙고 싶은 마음뿐입니다."

"흐음."

이영문은 의심을 지우고 김성중을 따르기로 했다.

"좋습니다. 그럼 내일 당장 태백으로 가시죠."

"알겠습니다. 그럼 내일 시운전을 하실 수 있도록 준비하겠습니다."

"그러시죠."

세 사람은 비밀 가옥에 준비되어 있던 와인으로 건배를 했
다.

"많이는 못 드시고 한 잔 정도는 괜찮다고 알고 있습니다."

"그렇지요."

"건배."

팅!

세 사람은 단숨에 잔을 비웠다.

*　　*　　*

태백에 위치한 화수의 비밀 실험실.

이곳에 공군의 특수부대원 네 명과 국정원 요원 네 명을 대
동하고 국방부차관과 공군참모총장이 찾아왔다.

그들은 비행기의 생산 시설을 돌아본 후 비행기가 준비된
활주로로 향했다.

공정 과정은 다른 비행기 생산 시설과 다를 바 없었지만 특
이하게도 이곳에는 활주로가 준비되어 있지 않았다.

"여기서 어떻게 전투기를 띄운다는 겁니까?"

"보시면 압니다."

직접 전투기에 탑승한 이영문은 어제 자신이 숙지한 매뉴 얼대로 비행기를 조종했다.

휘이이이이잉!

제트엔진에 시동을 걸자 주변으로부터 청량한 바람이 불 어왔다.

"오오, 오오오!"

이곳에 투입된 특수부대원은 원사 둘에 중령 둘, 거기에 국 정원 요원 모두 부장급이다.

계급이 사람을 만드는 것은 아니지만 그들은 입이 무겁고 실력이 좋기로 유명했다.

아마 비밀 보장은 될 테니 걱정은 없었다.

일동이 모두 감탄을 금치 못하는 동안 이영문은 화수와 함 께 무전기로 대화하며 전투기를 몰았다.

ㅡ이륙합니다.

"예, 알겠습니다."

아주 짧은 활주로 앞에 선 베네노아가 파란색 깃발을 들어 올렸다.

ㅡ그린라이트, 그린라이트.

ㅡ수직 이륙으로 활강을 시작합니다.

휘이이이이잉!

엄청난 바람이 불어와 사람들을 주춤거리게 만드는 사이,

SF—15는 이미 발진이 가능할 정도로 높이 체공해 있었다.

"오, 오오오오! 이게 무슨 말도 안 되는!"

―최고 시속으로 발진합니다.

―고도는 충분히 유지하시고 스텔스 기능을 꼭 유지하십시오.

―라져.

휘이이이이잉, 솨아아아아!

마치 돌개바람이 불어오는 듯한 소리가 들리더니 이내 엔진에서 파란색 연기가 피어나며 전투기가 슬슬 속력을 높여 활강했다.

그리고 약 3초 후, 마하에 진입하여 강원도 하늘을 날아다니기 시작했다.

―상태 보고 바랍니다.

―고도, 상태 모두 양호합니다. 편의 시설 모두 작동하지만 무기가 아직 장착되지 않아 파괴력은 경험할 수 없군요. 하지만… 놀랍습니다.

노련한 기수답게 그는 전투기를 자유자재로 몰아 다시 활주로로 돌아왔다.

그리곤 비행기에서 내려 김성중에게 달려와 외쳤다.

"됐습니다! 이게 바로 우리의 차기 전투기입니다!"

김성중은 화수에게 악수를 청했다.

"환영합니다. 이제부터 당신은 우리 식구입니다."

"감사합니다."

"내일 당장 장관님과의 약속을 잡을 테니 안전가옥으로 오십시오."

"예, 알겠습니다."

이제 화수는 K—X 사업에 참여하게 되었다.

9장

골치 아픈
국회의원들

　이른 아침, 국방부 산하 제2 비밀 가옥에서 회동이 벌어졌다.

　화수는 국군 정보부 소속 특수부대원 네 명의 호위를 받으며 이곳에 도착했는데, 이미 국방부장관과 차관이 도착해 있었다.

　또한 각 군 참모총장들과 합동참모부의장까지 자리해 있어 그 무게감을 더했다.

　오늘 아침은 국방부장관 주제하에 간단하게 조식을 먹는 자리였다.

제2 비밀 가옥은 전통한옥에 첨단 시설을 더한 퓨전 가옥이었다.

대청마루에는 정갈하고 깔끔한 음식이 각 교자상에 담겨 있었다. 바닥에는 온열 시트가 깔려 있고 국그릇을 놓는 자리엔 라디에이터가 돌아가고 있었다.

덕분에 엉덩이가 따뜻한 상태에서 뜨끈한 국물에 밥을 한 그릇 먹을 수 있을 듯했다.

"다들 모였으면 식사 먼저 하시죠."

"예, 장관님."

정명관 장관이 수저를 들자 그 휘하의 장성들과 차관 등이 함께 식사를 시작했다.

화수 역시 그 틈바구니에 끼어 수저를 들었고, 아주 맛깔나는 음식을 한 젓가락 집어 먹었다.

그런 그를 바라보며 정명관 장관이 말했다.

"보고는 잘 들었습니다. 대단한 물건을 가지고 있다고요?"

화수는 입에 음식물이 보이지 않게 조심하며 정중하게 대답했다.

"제 동료들이 밤낮을 가리지 않고 노력한 산물이지요. 성능 부분에 대해선 이견이 없으시리라 장담합니다."

"으음, 그래요. 차관께서 함부로 제대로 된 물건이라고 말하실 성격은 아니지요. 안 그래도 어떤 물건인지 보고 싶었는데, 개발자를 모시게 되어 영광이군요."

"감사합니다."

그는 화수에게 계약서를 한 장 내밀었다.

"제가 보증하고 국가에서 돈을 지급한다는 계약서입니다. 물건은 이미 보증이 된 상태이니 가계약서부터 씁시다."

"예, 알겠습니다."

"그리고 한 가지 부탁이 있습니다."

"말씀하시지요."

"미국에는 이 사실을 당분간 알리지 말았으면 합니다."

화수는 그의 제안에 고개를 가로저었다.

"그건 불가능합니다. 제가 전투기를 받는 조건으로 앞으로 전투기의 이동 방향에 대해서 전부 다 감사를 받기로 했거든요."

"하긴 퇴역했다곤 해도 F—15씩이나 되는 전투기를 아무렇게나 그냥 줄 위인들은 아니지요."

"부정 사용으로 판단되면 전량 회수하겠답니다. 그런데 비밀리에 계약을 진행했다간……."

"리콜을 하라고 난리를 치겠지요."

"그럼 우리 모두 곤란해지는 것 아니겠습니까? 차라리 미국에 먼저 얘기를 해놓고 진행하시는 것이 옳지 않겠습니까?"

이번에는 국방부장관이 고개를 가로저었다.

"그렇게 되면 일이 너무 복잡해집니다. 차라리 제가 추후에 미 국방부와 협상을 벌이는 편이 나아요. 잘못해서 일본과 중국까지 끼어버리면 골치가 아파지거든요."

"으음."

"이건 개발자 여러분을 위한 일이기도 합니다. 유라시아 국가들이 한국에 이런 괴물 전투기가 인도되는 것을 가만히 두고 보고 있겠습니까? 아무리 자국민이라지만 엄연히 아직 누구와도 계약을 하지 않은 사기업입니다. 누가 먼저 선수를 치느냐에 따라 판도가 달라지는 것은 당연합니다."

"그건 그렇겠군요."

"제가 미국과 직접 딜을 하겠습니다. 그러니 회장님께선 그저 전투기를 비밀리에 개량해서 저희 측에 인도해 주시면 됩니다."

"알겠습니다. 그렇게 하지요."

그는 대화를 끝냈다 싶었는지 마저 수저를 들었다.

"드시죠. 밥이 아주 잘되었습니다."

"감사합니다."

조금 일이 복잡하게 돌아가는 것 같긴 했지만 일단 계약을 했다는 것이 중요했다.

이제 화수는 조금 더 큰 기반을 마련할 수 있을 듯했다.

                    *   *   *

  미국에서 보낸 1차 물량을 모두 개량한 화수는 2차 물량을
차례대로 개조하기 시작했다.

  2차 물량은 50대, 앞으로 300대를 모두 다 채우려면 적어도
1~2개월 정도는 걸릴 것으로 보였다.

  화수는 미국에 물건을 잘 받았고, 기술이 온전히 완성될 때
까지는 개량은 할 수 없을 것 같다고 말했다.

  엔진 개발과 시스템 구축이 극히 어렵다는 사실을 잘 알고
있는 미국으로선 의심할 여지가 없는 일이다.

  덕분에 화수는 시간을 벌었고, 초도 물량을 완성한 대로 차
근차근 전투기를 개조해 나갔다.

  국방부는 화수에게 비밀 인력을 무상으로 지원해 주었는
데, 이것은 하루라도 빨리 전투기를 완성해야 한다는 정명관
장관의 강력한 의자가 담긴 행동이었다.

  무상으로 초빙된 기술자들이지만 이들은 대부분 20년 경
력의 준위나 국가기술원 소속 항공기술자였다.

  이런 구성의 인력은 돈을 주고도 고용할 수 없으며, 사적인
목적으로 규합할 수도 없는 조합이었다.

  그러다 보니 비행기를 조립하고 완성하는 일은 일사천리
로 진행되었다.

군에서 무려 20년 동안이나 F—15를 만진 준위들은 눈을 감고도 비행기를 뚝딱 고치는 사람이었고, 엔지니어들은 항공기를 개발하는 사람이었다.

이론과 매뉴얼만 제대로 쥐어주면 눈을 감고도 항공기를 완성할 수 있었다.

그들은 SF—15를 완성해 감에 따라 감탄을 금치 못했다.

초강대국이라 불리는 미국에서도 감히 상상조차 할 수 없는 기술이 모두 다 집약되어 있었고, 그 가격 또한 믿을 수 없을 정도로 낮았기 때문이다.

아마 자국의 기술로 이런 전투기를 개발하자면 족히 20년은 걸릴 터였다.

총 200명의 기술자가 투입된 전투기 조립은 약 2~3주 사이 이미 완성된 F—15를 다시 분해해서 부분 조립하기 때문에 가능한 수치였다.

다만 화수와 마도학자들이 이것을 따라갈 수 있는가가 문제였다.

이에 화수는 태백 지하에 F—15를 분해하여 마나코어로 재생시킬 수 있는 재생공장을 건립했다.

이곳에는 정밀 작업에 필요한 미스릴 인형 100기와 오리하르콘 인형 200기가 설치되었으며, 초대형 용광로가 무려 50개나 설치되었다.

약 500평 규모의 지하실에는 마나 신경체계를 구성하는 미스릴 전선이 벽에 내장되어 있어 버튼 하나만 누르면 자동적으로 담금질을 할 수 있도록 만들었다.

또한 미스릴과 마나코어 가루로 만든 부품들을 재단하여 정확하게 다듬는 과정은 기계에 맡겼기 때문에 생산 시간은 비약적으로 줄어들었다.

위이이이잉, 치지지지직!

미스릴 인형들이 맡은 자리에서 공정을 따로따로 거치니 사람들이 할 일은 이것을 조립하여 부품화하는 것이었다.

화수는 이 작업을 위하여 자신의 뇌파와 공명작용을 하는 보조 기계 팔 열 쌍을 개발했다.

이 기계 팔이 있으면 조금 더 정밀한 작업을 빠른 시간 내에 끝낼 수 있기 때문에 1층에서 이뤄지고 있는 작업 속도를 따라갈 수 있을 터였다.

그는 자신의 곁에서 기계 팔로 작업하고 있는 일행에게 작업의 진행 상황에 대해 물었다.

"다들 어디까지 진행했습니까?"

"약 60% 정도 진행한 것 같습니다."

"저는 약 65% 정도 되는 것 같군요."

맡은 파트에 따라 작업 속도가 조금씩 차이가 나는 것 같았다.

"그럼 다 한 사람들은 옆 사람을 도와서 작업 속도를 맞춥시다. 그리고 나서 휴식을 취하는 것으로 하죠."

"그럽시다."

허리도 제대로 펴지 못하고 하루 종일 작업하고 있지만 그들은 피곤한 줄도 모르고 일에 몰두하고 있었다.

*　　*　　*

국방부의 K—X 사업에 대한 국회의 정밀 감사 및 질의 심사가 진행되었다.

요즘 국방산업에 대하여 왈가왈부 말이 많은 가운데, 여러 가지 좋지 않은 사건이 연달아 터지는 바람에 국방부는 그야말로 동네북이 되고 말았다.

새로운 예산안이 발표될 때마다 가장 먼저 질의 심사를 받는 곳이 바로 국방부이고, 이곳에서 조금이라도 예산을 삭감하겠다는 것이 야당의 목표였다.

특히나 이번 질의 심사에는 여야가 한판 힘겨루기를 벌일 것이라 예상되고 있는 만큼 정명관 장관의 중심잡기가 중요시되고 있었다.

가장 먼저 질의 심사를 진행하게 된 사람은 국민당 강석희 의원이었다.

강석희는 언론인 출신으로 공영방송사 사장을 비롯하여 신문사 사장까지 아주 다양하고 영향력 있는 자리를 두루 거쳐 왔다.

그렇기 때문에 언론인 특유의 날카로움과 신문사 사장의 화려한 언변으로 정명관 장관을 압박할 것으로 예상되었다.

찰칵찰칵!

국방부 소재 회의실에서 진행된 질의 심사가 드디어 시작되었다.

카메라세례이 이어지는 가운데 정명관 장관에게 첫 번째 질의가 전달되었다.

"이번 K—X 사업에 약 8조 원을 투자한다고 발표하셨는데, 지금 그 진행 상황에 대해서 설명해 주시죠."

정명관은 아주 짧고도 명확하게 질의에 답했다.

"현재 총 열 개 기종을 두고 심사숙고하는 중입니다. 조만간 후보가 정해지면 대국민 발표를 통해 공개하겠습니다."

강석희는 질의가 시작되자마자 그를 거칠게 몰아붙였다.

"현재 공군의 허리 라인이라고 불리는 150여 기의 전투기가 퇴역할 예정이라고 알고 있습니다. K—X 사업이 조금이라도 늦어지면 제공권에 큰 문제가 생길 텐데, 이 문제에 대해선 어떻게 해결하실 생각이십니까?"

"우선 차기 전투기 도입 이전에 부주력 전력으로 약 2조 원가량을 투입시켜 중고 재생 전투기를 매입할 예정입니다."

순간, 주변이 술렁이기 시작했다.

"지금 뭐라고 하셨습니까? 전투기를 뭐 어떻게 한다고요?"

"말 그대로입니다. 중고 재생 전투기를 도입한다고 했습니다. 약 2조 원가량을 투자하여 일단 제공권의 허리 라인을 보강하고 적의 도발에 대비할 계획입니다."

"…그게 지금 말이 된다고 생각하십니까? 중고 전투기를 구매하는 데 2조원이나 쏟아붓겠다니 국민이 이 소리를 듣고 발 뻗고 잠이나 자겠습니까?"

"성능은 이미 보증되어 있습니다. 최종 인도가 종료되면 국민에게 공개하겠습니다. 그러니……."

"전투기가 무슨 중고차입니까? 성능 보증을 하고 말고가 어디에 있습니까? 중고 전투기를 재도입하다니, 군대를 다시 구식으로 만들 생각이신지요?"

"절대로 그렇지 않습니다."

"그런데 왜 군이 중고 전투기에 2조 원이나 투자하겠다는 말씀이십니까?"

"말씀드렸다시피 공군 전력의 보강을 위해……."

"저번 국방장관님께서 비자금 조성 때문에 자퇴하신 것은 알고 계시죠? 혹시 그런 이유 때문 아닙니까?"

"그렇지 않습니다. 전투기 300대를 2조 원에 인수해서 당분간 부전력으로 사용하고 단계적으로 노후 전투기들을 퇴역시켜 공백을 채울 예정입니다. 결국엔 우리 국군의 전력이 한 단계 상승하는 효과를 누릴 수 있을 겁니다."

"전투기 공백을 채운다……. 하지만 그로 인해서 늘어나는 유지비는 도대체 무슨 돈으로 감당할 겁니까? 병사들의 월급이라도 삭감하시겠습니까?'

"일단 8조 원 예산 내에서 해결할 수 있는 문제이기 때문에……."

"아아, 국민의 혈세로 만든 8조 원이라는 예산이 있었지요. 결국 그 예산을 다 파먹고 이번 프로젝트도 유야무야 만들겠다는 것이군요?'

"절대로 그렇지 않습니다. 자금 공백은 우리가 공군력을 수복하는 대로 국방비를 절감하여 충당하면 됩니다."

"그건 핑계에 불과합니다. 한번 오른 유지비가 그리 쉽게 줄어들 것 같습니까? 저는 그런 소리를 어디에서도 들어본 적이 없습니다. 씀씀이는 한번 커지면 줄어들기 힘들다는 것을 설마 모른다고 말하지는 않으시겠지요?'

이대로 대화가 더 길어진다면 분명 결판이 나지 않을 것이 틀림없다.

"제 계획대로 사업이 풀리지 않는다면 국방부장관에서 내려오겠습니다."

"후후, 그만한 확신이 있으신 모양이지요?"

"저는 군인입니다. 한 입으로 두말을 하지는 않지요."

"뭐, 좋습니다. 그럼 이번엔 국방부장관님의 목숨이 걸린 프로젝트가 진행되는 셈이군요."

"목숨을 건 것이 아니라 원칙적으로 일을 처리할 뿐입니다."

"아무튼 간에 그런 패기는 보기 좋군요."

걸핏하면 국방부를 뒤집어엎어 버리기 위해 칼을 가는 강석희의 질의가 거의 다 끝나갈 때쯤, 국방부 소속 군인들도 바득바득 이를 갈다 못해 피를 곱씹었다.

*   *   *

50대 분량을 모두 완성하고 테스트까지 마친 화수는 비밀리에 이 물건들을 공군기지로 옮기는 작전을 펼쳤다.

각 트레일러에 전투기 날개를 접어 적재시킨 후 공군참모부로 옮기는 작전은 무려 일주일에 걸쳐 벌어졌다.

이 작전에 투입된 전력만 특수부대 한 개 여단과 국정원 한 개 부서였다.

VIP 경호에 투입되는 병력보다 많은 숫자였지만 국방부는 그런 지원을 전혀 아끼지 않았다.

자칫 잘못해서 K—X 사업에 차질이 생기면 국방산업에 큰 타격을 받기 때문이다.

태백에서 트레일러로 물건을 옮긴 후엔 화수가 운영하는 사설 물류철도에 선적해 충주까지 옮겼다.

그 이후엔 공군 격납고에 비행기를 차례대로 격납시켜 아무도 이 물건이 F—15K인지 SF—15인지 분간할 수 없도록 했다.

그리고 화수는 다시 F—15K를 화수하여 자신의 격납고에 넣고 추후에 미국과 협상을 마치면 다시 편대를 구성하여 충주까지 비행하도록 했다.

1차 물량이 출발하고 난 지 나흘 후 2, 3, 4차 물량을 거쳐 5차에 이르는 대장정이 이어졌다.

화수는 하루 종일 잠도 못 자고 작전에 매달려 결국 초도 물량을 모두 공군기지로 옮길 수 있었다.

국방부차관 김성중은 1차 초도 물량을 받고 나서 그 대금으로 무기명채권을 지급했다.

무기명채권을 지급한다면 미군에서도 눈치를 채지 못할 테니 위장에는 그만이었다.

대금을 지불한 김성중은 화수와 함께 소주를 한잔 대작하기로 했다.

이목이 집중되지 않는 안전가옥에 술자리를 마련한 김성중은 화수와 함께 삼겹살을 구워 소주를 마셨다.

노릇노릇하게 누워진 삼겹살을 놓고 마주 앉은 화수에게

김성중이 병을 내밀었다.

"한 잔 받으시죠."

"예, 차관님."

소주를 받은 화수가 잔을 비우고 난 후 그 잔을 털어 차관에게 건넸다.

"차관님도 한 잔 받으시죠."

하지만 그는 고개를 가로저었다.

"아닙니다. 저는 병째 마시겠습니다."

차관 역시 군에서 오래도록 지내온 사람이다. 술을 마시는 습관이 다소 무식하게 들어버렸다.

꿀꺽꿀꺽!

"크흐, 좋구나!"

단숨에 소주를 한 병을 비운 그는 다른 병을 개봉하며 말했다.

"제가 요즘 그 강석희 개자식 때문에 편하게 발 뻗고 잠을 못 잡니다."

"무슨 일이라도 있으십니까?"

"사실 조금 복잡한 문제가 있어요."

화수는 잔뜩 일그러진 그의 표정에서 지금 국방부가 얼마나 골머리를 썩고 있는지 어렴풋이 알 수 있었다.

"…아마도 놈은 K—X 사업을 전면 백지화시키고 다시 프로젝트를 진행시키자고 밀어붙일 겁니다."

"그게 무슨 말씀이십니까? 사업을 백지화시킨다니요?"

김성중은 고뇌에 찬 표정으로 말했다.

"아시지요? 놈이 원래 전 대통령 최측근이었던 것 말입니다."

"통일부 특사를 지낸 적이 있다고 들었습니다."

"맞습니다. 전 대통령이 언론을 탄압하던 시절, 그는 신문사 사장을 지내면서 정치 기반을 닦았습니다. 그 이후에 특사로 내정되어 남북을 오갔지요. 그러면서 그는 차츰차츰 자신만의 세력을 키워나갔는데, 그 입김은 국방부까지 미칠 정도였습니다."

이 이야기는 화수도 언론 매체를 통해서 들은 적이 있었다.

강석희는 특사 신분으로 남북을 오간 적이 있었다. 그 시절에 탄탄한 정치 기반을 마련하여 지금의 자리에 오를 수 있었다.

하지만 그가 국방부까지 좌지우지할 수 있는 인물인지는 잘 알려지지 않은 사실이다.

"국방부의 사업에 통일부의 입장을 계속해서 표명하며 간섭을 해대던 그가 언젠가 한 번은 자신의 입지를 견고히 할 수 있는 사건을 만났습니다. 그것은 바로 대북전단 살포와 함께 대북 간첩이 북한 정보부에 체포되었던 일이었지요."

"대북 간첩? 남한에서 파견한 정보원 말입니까?"

"네, 그렇습니다. 그는 북한 특작부대에 잠입하여 정보를 빼돌리고 있었는데, 하필이면 대북전단이 살포되어 분위기가 흉흉해진 때에 발각되고 말았던 겁니다."

　"으음, 사태가 심각했겠군요."

　"물론입니다. 그땐 국방부가 아주 난리도 아니었지요. 국방부는 북한군에 인질 인도와 함께 간첩 행위에 대한 해명문을 전달했는데, 씨알도 먹히지 않았습니다. 대북전단을 살포해서 탈북자를 유도한다며 날을 세우고 있던 북한에게 간첩 행위 발각은 도저히 용납할 수 없는 일이었지요."

　"미처 몰랐던 사실이군요."

　"평소와 같았으면 그저 정보원 하나를 잃었다고 생각했을 겁니다. 그들은 어떤 상황에서도 정보를 발설하지 않도록 교육을 받기 때문입니다. 해서 북한에서도 우리 측 정보원을 잡아들이면 적당히 고문하고 목숨을 취해 버립니다. 어차피 삼일 밤낮을 고문해도 침입 경로라든가 목적에 대해선 발설하지 않을 테니까요."

　"하지만 대북전단이 겹치면서 사건이 커져 버린 것이군요."

　남북의 정보전은 아직도 현재 진행 중이며, 그 공작은 손에 땀을 쥐게 만들 정도로 치열하다.

　일진일퇴를 거듭하는 정보전 속에 간첩이 수면 위로 떠오른 것은 그다지 큰일은 아닐 것이다.

하지만 하필이면 외교 관계가 점점 더 악화될 때 발견되었다는 것이 문제였다.

종전이 이뤄지지 않은 상황이긴 하지만 어찌 되었든 전쟁을 최대한 억제해야 하는 것이 한국군의 숙제일 텐데, 이 상황의 경우엔 북의 도발에 불을 지펴 버린 꼴이 된 것이다.

"우리는 정보원의 존재를 부인했습니다. 그 역시 입을 열지 않았고요. 하지만 증거가 너무나 많았습니다. 더군다나 북의 신경이 극도로 날카로워져 있어 도무지 손을 쓸 수 없었지요. 잘못하면 국지전 도발을 일으키고 GOP 라인에 특작부대원을 내려 보낼 태세였습니다. 하나를 받으면 하나를 되돌려 주어야 한다는 것이 북한군의 철칙이거든요."

"으음."

"하지만 그때, 이 사건을 해결한 사람이 있었습니다. 바로 강석희 의원이었지요."

"아아, 특사 신분이기 때문에 가능한 일이었군요."

"네, 그렇습니다. 당시 남북을 계속 오가던 강석희 의원은 제2 개성공단 발족 등으로 북과의 친분을 두텁게 유지하던 인물이었습니다. 그가 북한군 수뇌부와 다리를 놓아 문제를 해결했지요. 당시 우리가 내어준 것은 북에서 입수한 정보가 전부였습니다."

"강석희 의원은 상당히 외교적 수완이 좋은 모양이군요."

"언변이 뛰어나고 말로 사람을 휘두르는 능력이 있습니다. 우리는 사흘 밤낮을 고민하고 고민하던 문제를 그는 단 한 시간 만에 해결해 버렸습니다. 그리고 그 공으로 인하여 우리 측 비밀 군사고문까지 꿰찼습니다."

"그런 사연이 있었군요."

그는 골치가 아프다는 듯이 고개를 가로저었다.

"한 고비를 넘기고 나니 강석회라는 아주 큰 골칫거리가 생겼습니다. 그는 국방부에서 은근슬쩍 돈을 빼돌려 비자금을 조성하고 있었습니다. 또한 장성들에게 압력을 가해 돈을 착취했습니다. 그는 장성들의 관할 내에 있는 PX나 각종 회관 등에서 나오는 수익과 보급으로 나오는 기름을 빼돌려 자신의 주머니로 집어넣었지요. 아마 지금까지 빼돌린 돈만 해도 수백억 원은 족히 될 겁니다."

"아주 질이 좋지 않은 놈이군요."

김성중은 아주 질렸다는 듯이 고개를 가로저었다.

"자신의 주머니를 채우기 위해서라면 무슨 짓이든 다 할 놈이지요. 하지만 국방부 입장에선 그를 잘못 건드리면 피를 볼 수도 있기 때문에 알면서도 눈을 감을 수밖에 없었습니다."

"흐음, 거참 복잡하게 꼬여 버렸군요."

"이번 K—X 사업도 그의 주머니를 채울 돈이 바닥나 버려서 백지화시키려는 겁니다. 무려 8조 원이나 투자하고 나면 국방부 예산은 그만큼 줄어들 수밖에 없습니다. 장성들도 공군력 확충이 얼마나 중요한지 잘 알기 때문에 예산을 확충할 계획을 세운 것이었습니다. 하지만 그 뒤에 선 강석희는 그와 정반대였습니다. 아무리 뒤를 털어봐야 나오는 것이 없으니 슬슬 약이 올라 버렸지요. 아마 그는 정말로 K-X 사업을 철폐시키려 들 겁니다. 또한 그의 입김이라면 그것이 가능할 수도 있고요. 비공식 군사고문이라지만 그가 국방부에서 어떤 일을 하는지 모르는 의원들은 없습니다. 그런 그가 국회 여론을 이끈다면……."

"아마 프로젝트는 물거품이 될 수도 있겠군요."

"네, 맞습니다."

"거참, 개만도 못한 놈이군요. 국가의 예산을 자신의 마음대로 좌지우지하다니 말입니다."

"후우, 누가 아니랍니까?"

그는 쓰디쓴 소주를 다시 한 잔 넘기며 말했다.

"꿀꺽! 크흐! 만약 귀신이 있다면 놈을 꼭 잡아갔으면 좋겠습니다."

화수는 그런 그에게 넌지시 물었다.

"차관님의 바람대로 놈이 사라진다면 사업이 조금 더 쉬워질까요?"

"물론이지요. 돈이라면 별 짓거리를 다 하는 놈인데 그 걸

림돌이 사라지면 국익에도 도움이 되지요."

"흠, 그렇군요."

"그런데 그건 갑자기 왜 물으십니까?"

"별것 아닙니다."

화수는 의미심장한 표정으로 술잔을 넘겼다.

*　　　*　　　*

다음 날, 강석희는 K—X 사업에 대한 문제점을 정리하여 대국민 보고서를 작성했다.

그 안에는 중고 전투기를 사용함으로써 얻게 되는 이점보다는 단점이 더 많아서 국민의 불신은 쌓일 수밖에 없었다.

또한 화수가 개발 중인 전투기는 아직 미국에 발각되면 안 되기 때문에 정확한 정보 공개가 어렵다는 점 또한 악재로 작용했다.

덕분에 강석희는 아주 좋은 기회를 잡고 기획안을 다시 백지화시키는 중이었다.

이 사업이 틀어지게 되면 화수는 미국과 한국 사이에서 아주 난처한 입장이 되어버린다.

돈은 돈대로 쓰고 수익은 거두지 못하는 꼴이 되기 때문에 한마디로 낙동강 오리알 신세가 되는 것이다.

[오늘 아침 뉴스 소식입니다. 강석희 의원이 K—X 대국민 보고서를 공개했습니다. 그는 국방부의 현 문제점을 지적하면서 사업을 전면 백지화시켜야 한다고 주장하고 있습니다. 이는 이미 여야를 막론하고 꽤 많은 지지를 얻고 있으며……]

이른 아침부터 회의실에 모여 있던 화수의 최측근들은 이 영상을 바라보며 짐짓 심각한 표정을 지었다.

"상황이 점점 꼬여 가는군요."

"저 자식이 꽤 치밀하게 일을 꾸민 탓입니다. 잘못하면 진짜 우리는 한 푼도 못 건지고 수장당하고 말 겁니다."

"하긴 그건 그렇겠군요. 미국이 자신들의 전투기로 이렇게 뛰어난 기술을 창출시키는 꼴을 가만히 두고 볼 리 없으니까요."

"이대로라면 우리는 사면초가에 몰리게 됩니다."

"흐음."

낮게 신음을 흘리는 일행에게 로이드가 말했다.

"까짓것, 잡아서 족치시죠."

"잡아서 족쳐?"

"놈도 어차피 사람입니다. 외국인인 저희가 잡아서 족치면 알아서 깨갱할 겁니다."

화수는 고개를 가로저었다.

"으음, 그건 어려워. 놈은 국방부의 보호를 받고 있는 사람이야. 그런 사람이 없어지면 문제가 커진다."

"하지만 그렇다고 우리가 죽을 수는 없는 노릇 아닙니까."

"그건 그렇다만……."

"제게 좋은 방법이 하나 있습니다."

로이드의 희미한 미소를 바라보던 리처드가 아연질색하며 물었다.

"너 설마……."

"설마?"

"그래, 그 설마가 맞다."

리처드가 와락 일그러진 표정으로 말했다.

"너무 극악한 방법 아닌가? 아무리 그래도 그렇지."

"그곳에서 한 일주일 푹 썩다 보면 진짜 생명의 소중함을 깨닫게 되지. 이보다 좋은 방법이 또 어디 있겠어?"

화수는 아리송한 표정으로 두 사람에게 물었다.

"그게 무슨 말이냐? 극악한 방법이라니……."

로이드는 회의실에 있는 지구본을 돌려 아프리카 지역을 손가락으로 가리키며 말했다.

"이곳에 초대형 염전이 있습니다. 아시는지 모르겠지만 이곳은 해적들의 소굴이기도 하지요."

"으음, 아프리카와 소말리아 아덴만은 해적 소굴로 아주 유명하지."

"이 아덴만에는 사람을 20시간 이상 부려먹으며 소금을 채취하는 섬이 있습니다. 대부분은 빚 때문에 팔려온 것이지요. 그렇지만 꼭 빚 때문에 끌려온 사람이 아닌 경우도 있습니다. 세력 다툼에서 밀려난 마피아나 정치범들을 수용해 정신을 개조하는 차원에서 가두는 경우도 있습니다."

"그러니까 네 말은 놈을 염전에 가두어 버리자는 소리냐?"

"예, 그렇습니다. 그곳에는 전화기도, 그렇다고 사람들 간의 소통도 없습니다. 오로지 그냥 하루 종일 염전만 일구는 것이지요. 쉬는 시간도, 먹는 시간도 없습니다. 그저 쓰러질 때까지 염전만 일구다가 타지에서 객사하는 것이지요."

"…무지막지한 곳이군."

"이곳에서 한 이 주일 정도 푹 썩으면 정신을 차리겠지요."

"하지만 이 주일이면 한국에선 난리가 날 텐데?"

"무슨 상관입니까? 어차피 못 찾을 텐데."

"염전이라……."

베네노아는 그의 말에 전적으로 동의했다.

"그렇게 하시죠. 어차피 골머리를 썩을 바엔 정신을 개조시켜 버리는 편이 나을 겁니다."

"흐음."

"납치가 문제라면 저희가 알아서 처리하겠습니다."

요인 암살이나 납치라면 타의 추종을 불허하는 리처드와 로이드다.

그들이 마음만 먹으면 이 세상에 사라지지 않을 사람은 아무도 없을 것이다.

"좋다, 그럼 놈을 납치해서 아덴만으로 데리고 간다. 하지만 잡음은 없어야 해."

"물론입니다."

"배편은 제가 준비하지요."

"좋습니다. 모두 다 움직입시다."

정책이 결정되면 가장 빠르게 움직이는 것이 이수그룹 정보부의 철칙이다.

이들은 당장 강석희를 납치할 계획을 세우기 시작했다.

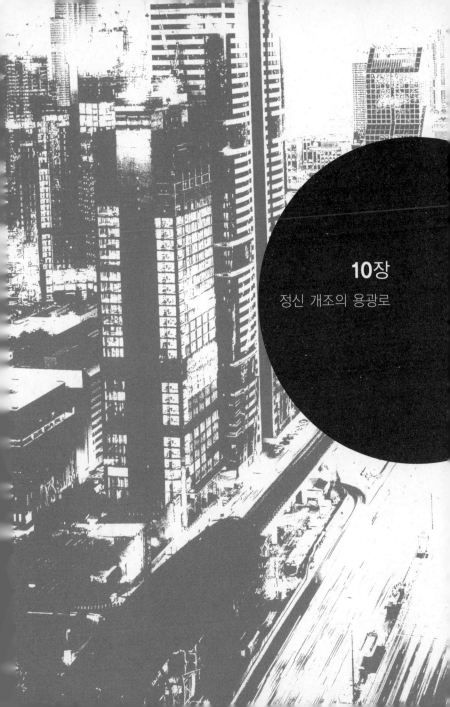

10장
정신 개조의 용광로

　서울 백제호텔 스카이라운지.

　이곳에 강석희 의원과 국방부 제2 차관 임성식이 마주 앉아 있다.

　임성식은 강석희에게 은색 슈트케이스를 건네며 말했다.

　"이것이 저희가 만들 수 있는 최대한입니다."

　"으음, 성의가 한참 모자라네요. 요즘 국방부가 살 만한 모양입니다. 엄살을 다 부리시고요."

　"…사정 좀 봐주시지요. 저희도 K—X 사업이다 뭐다 아주 죽겠습니다."

"그러니 그깟 사업이야 접어버리면 그만 아닙니까? 왜 그렇게 말을 안 들어요?"

임성식은 이를 악물었다.

"K-X 사업은… 우리 공군력을 좌지우지할 사업입니다. 그런 중요한 사업을 도대체 어떻게 접으라는 말입니까? 이대로 우리가 유라시아에 수장되길 바라시는 것은 아니겠지요?"

그는 임성식의 일침을 웃음으로 가볍게 넘겨 버렸다.

"하하, 하하하! 이 사람 참 말을 너무 막하시네요. 요즘이 어느 때인데 전쟁입니까? 지금이 무슨 구한말인 줄 아시는 모양이군요."

"망전필위, 분명 위기는 찾아옵니다. 잘 아시지 않습니까?"

"아니라니까 그러네. 전쟁이 날 이유가 없지 않습니까? 북한은 먹을 것이 없어서 징징거리고 있고 일본은 미국 똥구멍 핥기에 바쁜데 무슨 전쟁이 일어난다는 겁니까? 또다시 러시아와 중국이 담합해서 북한을 밀어주면 몰라도 말이죠."

아마도 강석희는 북한에 많은 지인을 두고 있어 남북전쟁이 다시 개전할 것이라곤 전혀 생각지 않는 모양이었다.

하지만 여전히 전쟁은 진행 중이며, 실제로 몇 차례 전투가 일어나기도 했다.

지금과 같은 상황에 전투력을 경감시킨다는 것은 말도 안 되는 일이며, 있을 수도 없는 일이었다.

임성식은 그에게 깊이 고개를 숙였다.

"제가 무식해서 잘 모르지만, 그래도 사업은 꼭 진행시켜야 합니다. 사정 좀 봐주십시오."

"허참, 국방부의 앞뒤가 이렇게 막혀 있으니 국방이 제대로 이뤄지겠습니까? 멀리 좀 보세요."

"…부탁드립니다. 부디 선처 좀 해주십시오."

그는 임성식을 가만히 바라보더니 은색 슈트케이스를 발로 툭 밀어버렸다.

"됐습니다. 이런 푼돈이나 받자고 내가 나랏일을 하는 줄 아십니까? 사람을 뭐로 보고 말이야."

"의, 의원님!"

"조만간 차관도 밀어내야겠네요. 아니, 국방부 사람들이 다 왜 이래?"

자리에서 일어선 강석희는 이내 라운지를 빠져나갔다. 그 자리에 남은 임성식은 주먹을 꽉 말아 쥐었다.

"크윽! 빌어먹을 자식!"

이윽고 그에게 전화가 한 통 걸려왔다.

따르르르릉!

[발신번호 표시제한 1—1]

"정보부?"

발신번호 표시제한에 1−1이 붙는 것은 국방부 소속 정보과, 1−2는 국정원에서 걸려온 전화다.

그는 재빨리 전화를 받았다.

"임성식입니다."

─차관님, 정보과 여중민 대령입니다.

"그래요, 여 대령. 무슨 일입니까?"

─지금 강석희 의원과 함께 계십니까?

"아니요. 막 헤어졌습니다."

─알겠습니다. 그럼 지금 당장 지하주차장으로 나오십시오.

"무슨 일이지요?"

─장관님 명령입니다. 자세한 것은 제2 안전가옥으로 오시면 알려드리겠습니다.

자세한 상황은 알 수 없지만 합동참모부가 만든 정보과는 국방부장관의 명령에 의해서만 움직이도록 되어 있었다.

아마도 지금 이 명령은 국방부장관 핫라인을 통해 전달된 것일 터였다.

"좋습니다. 지금 당장 가도록 하지요."

그는 이내 자리에서 일어나 지하주차장으로 향했다.

　　　　　*　　　*　　　*

　백제호텔 중앙관제실.

　검은색 파츠를 입은 특작부 대원들이 보안요원들을 제압하고 이곳을 점거하고 있었다.

　기절한 보안요원들은 아마 앞으로 약 20분 후에나 깨어나 정상적으로 움직이게 될 것이다.

　관제실 침투조의 조장 조양석 상사는 부하들에게 CCTV 화면 해킹 및 대체 화면 삽입을 지시했다.

　"시간은 얼마나 걸리겠나?"

　"5분이면 충분합니다."

　침투조가 관제실 메인 컴퓨터에 정보과 해커들의 PC와 현장을 연결해 주는 USB를 연결하자 해커들은 즉시 행동에 돌입했다.

　─해킹을 시작한다. 앞으로 5분, 5분 동안 퇴로를 확보하라.

　"입감. 조장님, 해킹을 시작합니다."

　그는 고개를 끄덕였고, 한국 최고의 해커 집단인 합동참모부 소속 정보과 해커팀은 침입을 시도했다.

　삐비비빅.

―순조롭게 메인 시스템을 해킹했다. 이제부터 CCTV를 우리가 통제하고 VIP의 퇴로에 놓인 시설물을 점거하겠다.

"대체 화면 삽입은 얼마나 남았지?"

―약 70% 정도 진행되었다. 이제 슬슬 움직이는 것이 좋겠군.

"입감."

해킹은 순식간에 진행되어 백제호텔 중앙컴퓨터를 장악했다.

침투조는 곧장 관제실 문을 열어 어두컴컴한 복도로 고개를 내밀었다.

"제1 퇴로 이상 무."

"좋아, USB를 제거하고 신속히 퇴각한다."

"예, 조장님."

이제 침투에 필요한 다리를 설치해 두었으니 해커들은 USB가 없어도 알아서 일을 마무리할 것이다.

조양석 상사는 부하들을 이끌고 지하 4층에 있는 중앙관제실을 빠져나와 지하 1층에 대기하고 있을 전술차량으로 향했다.

"전술차량 스탠바이."

―입감.

그는 CCTV가 있는 복도를 대놓고 지나 지하 1층 입구에 도착했다.

"정찰조 투입."

전술차량으로 향하는 도중에 목격자가 있을 수도 있으니 먼저 사복으로 위장한 정찰조가 주차장을 수색하기 시작했다.

무전기로 소통하는 정찰조가 지하 1층을 모두 탐색하고 다시 무전을 송신했다.

ㅡ이상 무. 지역을 확보했다.

"좋아, 모두 신속히 이동하여 전술차량에 탑승한다."

"예, 조장님."

열 명의 침투조는 재빨리 전술차량에 몸을 실었고, 그들은 목격자를 만들지 않는 선에서 현장을 빠져나왔다.

*　　　*　　　*

백제호텔 지하주차장에 대기하고 있던 리처드와 로이드는 짙게 선팅이 된 자가용을 타고 강석희를 미행했다.

그들은 국방부 소속 정보과와 함께 작전을 진행하고 있었는데, 이미 강석희의 자취는 흔적도 없이 사라진 후였다.

이제 그를 납치하여 빼돌리기만 하면 이 지구상에서 강석희를 찾을 수 있는 사람은 없을 것이다.

일주일 동안 강석희의 행동 노선을 지켜보던 두 사람은 그가 주말마다 내연녀를 만나러 간다는 사실을 알 수 있었다.

그 접선 장소는 강촌.

서울과는 약 한 시간에서 한 시간 30분가량 소요되는 거리다.

리처드는 아주 능숙하게 강석희의 뒤를 밟아 강촌까지 차를 몰았다.

그리곤 강촌 펜션 단지로 들어서는 한적한 시골 도로에 들어서 그의 차를 들이받아 버렸다.

"밀어버리자."

부아아아앙!

콰앙!

차가 들썩거릴 정도로 세게 들이받는 바람에 강석희는 한동안 차 안에서 나오질 못했다.

그리고 잠시 후, 뒷목을 잡은 그가 씩씩거리며 밖으로 나왔다.

"이런 젠장! 도대체 눈을 어떻게 뜨고 다니는 거야?!"

밀회를 갖기 위한 발걸음이니만큼 경호원과 비서도 대동하지 않은 그는 홀로 사고 현장을 둘러보았다.

그에 맞춰 차에서 내린 리처드는 검은색 헬멧을 쓰고 있었다.

"뭐, 뭐야?!"

얼굴을 가린 그는 재빨리 강석희의 얼굴에 가스총을 분사했다.

치이이이이익!

"크아아아아악!"

얼굴을 부여잡고 뒹구는 그의 뒤로 다가선 로이드는 그의 목덜미에 마취제를 투여했다.

푸욱.

"으허억!"

그들은 작업이 끝날 때까지 한마디도 하지 않았으며, 강석희가 의식을 잃었다고 판단될 때까지 얼굴도 드러내지 않았다.

약 5분 후, 그가 완전히 잠이 들어버리자 로이드는 강석희의 차를 끌고 앞장섰다.

"홍원항으로 가자."

"알겠어."

두 사람은 충남 서천에 위치한 홍원항으로 향했다.

＊　　＊　　＊

홍원항은 비교적 작은 항구이지만 밀물 때엔 꽤나 큰 선박이 들어올 정도로 수심이 깊었다.

오늘은 이 홍원항에 500명 정원의 크루즈 선박이 들어올 예정이다.

세계일주 무료 초대권을 받은 40명의 사람이 인도양을 거쳐 미국까지 여행을 하게 될 터였다.

이곳에 강석희가 타고 있던 외제 승용차와 로이드의 허름한 중형 차량이 승선했다.

리처드는 강석희를 여행 가방에 구겨 넣고 한 시간에 한 번씩 수액을 놓으며 생명을 유지시켰다.

앞으로 남중국해까지 여행하고 아덴만 행 비행기까지 타자면 꽤 오랜 시간이 걸릴 것이기 때문이다.

로이드는 강석희의 승용차에서 GPS 장치와 블랙박스 등을 제거하여 먹통으로 만들어 버렸다.

빠악, 치지지직.

"천벌을 받을 놈은 마땅한 대우를 받아야지."

이제 그의 위치를 아는 사람은 단둘뿐이며, 그들은 강석희가 정신을 차릴 때까지 절대로 풀어주지 않을 요량이다.

뿌우우우우!

[우리 배, 이제 남중국해 인근에 정박합니다. 승객 여러분께서는 이곳에서 필요한 물품을 충당하시거나…….]

강석희의 흔적을 완벽하게 지워 버린 두 사람은 이제 공항으로 향했다.

약 열 시간 후, 강석희를 납치한 리처드와 로이드는 아덴만 인근에 위치한 염전에 도착했다.

"우웁, 우우웁!"

손과 발을 묶인 채로 염전에 도착한 강석희는 마취에서 깨어나 발버둥치고 있었다.

하지만 그가 이 염전에서 나갈 수 있는 방법은 그 어디에도 없어 보였다.

리처드는 염전의 주인인 흑인에게 미국 달러로 1천 달러를 건넸다.

"반병신으로 만들어줘."

"큭큭, 다시는 사람처럼 살 수 없을 거다."

"쓰레기 같은 놈이니 제대로 개조시켜 다오."

"물론이지."

이제 그는 진정한 인간 개조의 용광로에 들어가 재탄생하게 될 것이다.

*　　　*　　　*

피랍 이틀째.

강석희는 지금 자신이 왜 이곳에서 염전을 일구고 있는지 도무지 알 수가 없었다.

촤락!

"으윽!

"어서 움직여! 움직이지 않으면 오늘 저녁은 없다!"

"제기랄! 네놈, 내가 누구인 줄 알고 이따위 짓거리를 하는 것이냐?!"

"암. 잘 알지. 네놈은……."

그의 뒤에서 채찍을 휘두르던 사내가 이내 강석희의 등을 발로 걸어찼다.

퍼억!

"컥!"

"네놈은 노예다! 이름도 없고 성도 없어! 태어난 곳도 없고, 부모도, 형제도, 친구도 없다! 오로지 이곳에서 태어나 죽을 때까지 염전이나 일구다 갈 운명이다!"

"이런 개새끼! 감히……."

퍽퍽퍽퍽!

사내의 발길질이 이어질 때마다 강석희는 몸을 웅크려 최대한 충격을 완화시켰다.

하지만 그마저도 오래 지속되다 보니 소용이 없었다.

"컥컥컥! 자, 잠깐만!"

"이런 개새끼! 노예는 주인에게 높임말을 쓴다!"

"자, 잠깐만요!"

"잠깐이라니, 노예가 주인에게 감히 명령을 내려? 안 되겠군."

이윽고 사내는 염전에 위치한 움막으로 들어가더니 약 5분 후 다시 모습을 드러냈다.

그런 그의 손에는 새빨갛게 달궈진 인두가 쥐어져 있었다.

화르르륵!

"어, 어어어어?!"

"큭큭, 위계질서는 확실히 잡아야지. 네놈이 노예라는 사실을 다시 한 번 깨닫게 만들어주마!"

치이이이이익!

"크아아아아아악!"

사내는 미친 듯 웃는 얼굴로 강석희의 엉덩이를 인두로 지져 버렸다.

강석희는 몸의 가장 연한 부분이 화상을 입는 바람에 몸을 이리저리 비틀며 몸부림칠 수밖에 없었다.

"허억, 허억!"

"크하하하하하! 이 새끼, 너는 노예다! 나를 주인으로 불러라!"

"이런 개새끼! 차라리 죽여라!"

채찍으로 때리고 인두로 지져도 그 성질머리를 죽일 수 없던 그는 이내 표독스럽게 눈을 떴다.

"흐음, 그렇단 말이지? 그래, 너 같은 독종이 길들이는 맛도 있는 법이지. 좋아, 오늘부터 네놈 식사는 없다. 당연히 물도 없어."

"마, 마음대로 해라!"

"큭큭, 일어나! 그렇다고 일을 시키지 않는다는 소리는 아니니까!"

촤락, 촤락!

"커흑!"

"일어나서 일하란 말이다! 어서 일해!"

피와 살이 튀는 채찍질에 견딜 수 있는 사람은 그렇게 많지 않았다.

강석희는 어쩔 수 없이 사내가 시키는 대로 염전을 일구기 시작했다.

*   *   *

피랍 나흘째.

이제 강석희는 음식이라면 지나가던 새라도 잡아먹을 정도로 허기가 져 있었다.

더군다나 잠을 제대로 못 자는 바람에 몸은 천근만근이라 쟁기를 쥐고 움직이기조차 힘들었다.

"허억허억!"

그런 그의 앞에서 사내는 노릇노릇하게 익은 치킨과 맥주를 마시고 있었다.

"꿀꺽꿀꺽! 크흐, 좋구나! 역시 맥주에는 치킨이지!"

"쩌, 쩝! 이런 개새끼!"

"크큭! 먹고 싶나?"

아무리 자존심이 강하다고 해도 무려 나흘이나 음식 맛도 보지 못한 채 고된 노동을 해온 그의 식욕을 억제할 수는 없었다.

"하, 한 입만……."

"크큭, 옜다!"

사내는 그가 서 있는 곳으로 닭고기를 집어 던졌는데, 흙이 잔뜩 묻어 과연 먹을 수 있을지 의문이다.

하지만 그마저도 쇠사슬로 몸이 묶인 강석희로선 쉽게 먹을 수가 없었다.

"허, 허어어억! 쩌, 쩝! 조, 조금만 더!"

바닥에 납작 엎드려 치킨을 향해 고개를 꿈틀거리는 그를 바라보며 사내는 박장대소를 터뜨렸다.

"하하, 하하하! 꼭 우리 집 개새끼와 비슷한 꼴이군."

"크, 크윽!"

"점심이다. 그것이나 먹고 힘내라고. 10분 후에 다시 오겠다."

강석희는 눈물을 쥐어 짜내며 치킨을 갈구했지만 여전히 먹을 수가 없었다.

그리고 10분 후, 사내가 다시 나타나 채찍을 휘둘렀다.

"배가 불렀군. 줘도 안 먹는단 말이지? 그렇다면야 별수 없지. 어서 움직여!"

촤락촤락!

"크헉!"

이젠 채찍이 닿기만 해도 몸이 저절로 움직일 판, 강석희는 눈물을 머금고 자리에서 일어섰다.

＊　　　＊　　　＊

피랍 열흘째.

이제 강석희는 물이라면 자신의 오줌이라도 받아 마실 기세다.

하지만 이 지독한 감독관 놈은 강석희에게 그럴 기회조차 주지 않았다.

촤락촤락!

"움직여!"

"허억허억!"

그저 기계적으로 움직이기만 하는 강석희에게 이미 의식이란 존재할 수 없었다.

아덴만의 엄청난 폭염을 이겨내며 염전을 일궈야 하는 그 로선 제정신으로 버틸 수 없었던 것이다.

열흘째 그를 굶기던 사내가 강석희에게 물통을 하나 건넸다.

"자, 상이다."

순간, 그는 미친 듯이 달려들어 물통으로 손을 뻗었다.

"무, 물! 물물물!"

"어허, 그냥 줄 수는 없지. 손!"

"소, 손?"

"내 손에 손을 올리라는 소리다."

마치 개를 조련시키듯 사내는 강석희에게 손을 내밀라고 지시했다.

이미 이성을 잃어버린 강석희에게 자존심 따위가 남아 있을 리 없었다.

"소, 손……."

"이제 개처럼 헉헉거려 봐."

"헉헉!"

"큭큭! 그래, 바로 이거야!"

강석희는 자신의 정체성을 버린 대가로 물을 얻었고, 그것을 미친 듯이 마시기 시작했다.

"꿀꺽꿀꺽!"

하지만 그는 이내 물을 다 마시지 못하고 내뱉어 버렸다.

"쿨럭쿨럭! 퉤퉤!"

"큭큭! 어떠냐, 이 몸의 황금빛 물이?"

"으흑흑흑!"

"이제야 네놈이 개만도 못한 놈이라는 사실을 조금 알겠지?"

"네, 네……."

"그래, 그럼 나를 어떻게 불러야 하지?"

"주, 주인님."

"좋아, 바로 그거야!"

이제야 사내는 그에게 맑고 시원한 물을 건넸다.

"마셔라."

"꿀꺽꿀꺽! 으, 으하!"

"물의 소중함을 깨달았으니 앞으론 내 앞에서 개처럼 기어다닐 수도 있겠지?"

"머, 멍멍! 헉헉!"

이미 정신을 놓아버린 그에게 자존심이란 그야말로 지나

가던 개에게나 줘버릴 것이었다.

*　　　*　　　*

　강석희 의원 실종 보름째.

　정부에선 이미 그가 죽었을 것이라고 추정했다.

　갑작스럽게 실종된 그에 대하여 여러 가지 추측이 난무하고 있었지만 워낙 광범위한 적을 두고 있는 그이기에 경찰은 수사에 난항을 겪고 있었다.

　[실종 보름째. 경찰은 아직도 그 실마리조차 찾지 못하고 있습니다. 검찰당국은 수사에 조금 더 박차를 가하도록 지시했고…….]

　화수의 집무실을 찾은 김성중 차관은 슬슬 그를 데려와야 한다고 권고했다.

　"일이 더 커지기 전에 놈을 데리고 오는 것이 어떨까요?"

　"으음, 개조가 조금 덜 되긴 했지만 그러는 것이 옳겠지요?"

　"지금 각하께서도 걱정하고 계십니다. 그분께선 그의 비리에 대해선 잘 모르시거든요."

　"뭐, 조만간 놈은 자신의 비리를 인정하고 정계를 은퇴하게 될 겁니다."

"은퇴요?"

"이제까지 정부의 돈을 빼돌려 처먹은 돈을 다 토해내고 울고불고 석고대죄까지 할 겁니다. 두고 보십시오."

"과연 그가 그 정도로 변할 수 있을지 모르겠군요."

"후후, 차관님께선 그저 지켜보시기만 하면 됩니다."

"흐음."

연신 미심쩍은 표정으로 일관하는 김성중.

화수는 지금까지 자신이 저질러 온 일에 대한 대가를 치르고 있을 강석희를 떠올렸다.

*　　　*　　　*

아덴만 노예섬에서 나온 강석희는 무려 삼 주일 만에 세상의 빛을 볼 수 있게 되었다.

배를 타고 공항으로 이동하는 길. 그는 연신 주변을 두리번거리며 불안한 기색을 드러냈다.

그러다 지나가던 선원의 발이 몸에 살짝 닿자 자리에서 벌떡 일어섰다.

"죄, 죄송합니다!"

그런 그의 곁에 선 한국군 구조대장 염황선 소령이 안쓰러운 눈으로 말했다.

"어디서 무슨 취급을 받으셨는지는 모르겠습니다만, 이젠 안심하셔도 됩니다."

"아, 아, 아닙니다. 난⋯⋯."

"의원님?"

손을 뻗기만 해도 몸을 바들바들 떨던 그는 이내 염황선 소령에게 손을 내밀었다.

"죄송합니다만, 전화를 좀 쓸 수 있겠습니까? 부탁입니다."

"아, 예. 쓰십시오."

그는 이제 전화 좀 빌리는 것만으로도 눈치를 보느라 제대로 고개도 들지 못할 정도로 기가 죽어버렸다.

이윽고 전화를 붙잡은 그는 자택으로 통화를 시도했다.

―여보세요?

"여, 여보."

―다, 당신?! 정말 당신이에요?!

"그래, 잘 지냈어?"

―허참! 도대체 어떻게 된 거예요? 정말 실종되었던 거예요?!

강석희는 낮게 가라앉은 목소리로 말했다.

"여보, 우리 이제 그만 갈라서자."

순간, 수화기 너머로 그녀가 침묵했다.

—…….

"잘 알잖아. 이제 우리 서로 더 이상 사랑하면서 살 수 없다는 것."

—…갑자기 왜 그래요? 또 다른 여자가 생겼나요?

"그래, 그랬지. 하지만 그건 우리의 불화에서부터 비롯한 것이었잖아. 이젠 그 불화에 종지부를 찍고 싶어."

—당신 미쳤어요? 이제 의원직에 복귀해서 시장선거도 준비해야 하고…….

그는 조용히 눈을 감은 채 말했다.

"아니, 은퇴할 거야."

—뭐, 뭐예요? 당신 정말……!

"많이 생각해 봤는데 과연 이렇게 살아서 과연 무엇 하나 싶어."

—…진심이세요?

"무려 삼 주일 동안 생고생하면서 내린 결론이야. 당신도 나를 존중해 주었으면 좋겠어. 마지막 부탁이야."

—일단 집에 와서 얘기해요.

"그래, 얼굴은 보면서 얘기해야지. 한국에서 보자고."

그는 이내 전화를 끊었고, 염황선 소령은 도대체 무슨 말을 해야 할지 몰라 연신 눈치만 살폈다.

"의, 의원님."

강석희는 조용히 고개를 가로저었다.

"아니요. 이젠 의원님이라고 부르지 마세요. 전⋯ 정계를
은퇴할 겁니다."

"아⋯⋯."

이 한마디를 마지막으로 그는 한국으로 돌아갈 때까지 아
무런 말도 없었다.

*　　*　　*

아덴만에서 한국으로 입국하는 입국 게이트.

수많은 기자가 강석희 앞을 가로막았다.

찰칵찰칵!

"의원님, 몸은 좀 괜찮으십니까?"

"네, 괜찮아요."

"과연 어떤 세력에게 납치되었으며 그에 대한 대책으
로⋯⋯."

"저는⋯ 이번 납치사건으로 인하여 오히려 나 자신에 대한
성찰의 시간을 가질 수 있었습니다. 저는 이제 정계를 은퇴합
니다."

순간, 주변이 충격으로 물들었다.

"뭐, 뭐라고요?"

"저는 정계를 은퇴할 겁니다. 그리고 제가 부정을 저질러 모은 돈은 모두 사회로 환원할 겁니다. 국민의 혈세를 마음대로 횡령했으니 그에 대한 벌을 받아도 마땅하다고 생각합니다. 만약 벌을 내리신다면 달게 받겠습니다."

뜬금없는 양심고백이라니, 기자들은 도대체 이게 무슨 일인가 싶다.

"자세히 말씀해 주시겠습니까? 갑자기 정계 은퇴와 사회 환원이라니……."

"말 그대로입니다. 지금까지 정치생활을 하면서 제대로 된 생활을 해본 적이 없습니다. 혈세를 갈취하고 그것으로 호의호식했으니 그것을 되갚을 때가 되었다고 생각한 것뿐입니다."

"정계를 은퇴하시면 앞으로는 어떻게 살아갈 생각이십니까?"

"그저… 작은 밭 하나 일구면서 살 생각입니다. 더 이상의 욕심은 없습니다."

이윽고 그는 재빨리 공항을 나섰다.

강석희가 정계에서 은퇴하면서 일으킨 파장은 생각보다 더 대단했다.

우선 검찰은 강석희가 쥐고 있던 권력이 흩어지면서 그 휘하에 있던 부패 정치인들을 죄다 솎아냈다.

국방부 역시 자신들과 엮인 정경유착을 전부 다 떨쳐내고 제대로 사업에 열중할 수 있게 되었다.

국가원수가 부르짖던 부정부패 근절은 결국 한 권력가의 양심고백으로 인하여 발동이 걸린 것이다.

덕분에 화수는 이제 본격적으로 전투기 생산에 박차를 가할 수 있게 되었다.

초도 물량을 모두 완성시키고 2차 물량으로 100대까지 완성시킨 화수는 중도금 상환을 전액 현금으로 받을 수 있게 되었다.

이제 남은 것은 미국과의 협상을 얼마나 성공적으로 끝마치느냐 하는 것이다.

이 부분에 대해선 국방부장관이 책임지고 성공시키기로 했으니 화수는 앞으로도 계속하여 전투기 생산에만 주력하면 될 것이다.

김성중 차관은 화수와의 술자리를 마련하고 감사의 의미로 자신들이 가지고 있던 방위산업체 DKI 정밀을 준비했다.

"회사의 매매계약서입니다. 회장님께서 방위산업체를 인수하시게 되면 앞으로 우리와 일하기가 아주 좋아질 겁니다."

"이, 이건……."

"K-X 프로젝트의 성공과 앞으로의 관계 발전을 위해서 드리는 선물입니다. 부디 사양 마시고 받아주십시오."

"조금은 부담이 됩니다만⋯⋯."

"앞으로 우리가 함께할 일이 너무나 많아요. 그래서 그리는 것이니 부감 가지실 필요 없습니다."

화수의 입장에서 본다면 방위산업체를 받는다는 것이 국방부와의 연결 고리가 될 수도 있지만 족쇄가 될 수도 있는 일이다.

하지만 이 일에는 그만한 가치가 있었다.

"좋습니다. 감사히 받지요."

"앞으로도 잘 부탁드립니다."

"저야말로."

두 사람은 손을 맞잡았다.

이제 화수는 국방부와 함께 그 무한한 가능성을 펼치게 될 것이다.

『현대 마도학자』 10권에 계속⋯

외전

나 홀로 떠나는 여행

　회장취임식을 마치고 난 어느 날, 화수는 대형 SUV에 가득
짐을 싣고 한적한 도로를 달렸다.

　쏴아아아아!

　젊은 날의 가장 큰 매력은 무엇에든 도전할 수 있다는 것에
있다고들 한다.

　또한 젊음이란 혈기 하나로 전 세계를 떠돌 수 있는 패기를
가졌다는 뜻이기도 하다.

　그 언젠가 화수는 죽기 전에 배낭 하나만 메고 팔도를 유람
할 계획을 세운 적이 있었다.

화수는 회장취임식을 끝마치고 난 후 약 일주일간 스케줄을 정리하여 시간을 만들었다.

그리하여 갖게 된 혼자만의 여행은 전국을 유랑할 수 있는 기회가 될 것이다.

만약 추후에 시간이 된다면 세계여행도 다닐 계획을 세우는 화수다.

그는 자신이 가지고 있는 SUV 중 가장 크고 튼튼한 차량을 선별해서 곧장 강원도로 향했다.

첫 번째 행선지는 강원도 화천인데, 중간에 포천을 거치게 된다.

서울에서 화천으로 들어오는 길에 거치는 작은 도시들은 저마다의 매력을 가졌다.

우선 막걸리로 유명한 포천 일동을 거쳐 갈비의 명가 이동을 넘어가면 물의 나라라 불리는 화천에 도달하게 된다.

화천은 수달과 산천어로 잘 알려져 있는데, 그 밖에도 백운계곡 등의 명산지가 많이 분포해 있다.

대전에서 서울로 고속도로를 타고 들어온 화수는 서울에서 구리, 남양주를 거쳐 포천으로 들어섰다.

포천 일동에 차를 세운 화수는 그 유명한 포천막걸리를 몇 통 사서 근방의 계곡으로 향했다.

유명한 식당에서 마시는 술도 좋지만 이렇게 탁 트인 전경에 술을 한잔 걸치는 것도 꽤나 운치가 있었다.

화수는 계곡 입구에 차를 세우고 이곳에 텐트를 쳤다.

뚝딱뚝딱.

혼자서 자는 텐트를 치는 데 그리 오랜 작업이 필요하지 않았다.

가볍게 말뚝을 몇 개 박고 난 후 나무와 나무를 연결하여 해먹을 걸고 그 앞에 바람막이 천막을 쳤다.

바람막이 천막 안에는 고기를 구워 먹거나 취사를 할 수 있는 그릴이 준비되었다.

화수는 오는 길에 사온 돼지고기를 숯불에 구워 막걸리를 한 사발 들이켰다.

꿀꺽꿀꺽!

"크, 크하아! 좋구나!"

이 계곡은 가족들이 놀러 오기엔 그리 좋은 장소가 아닌지라 사람이 한 명도 없었다.

이 넓은 계곡을 혼자 전세 낸 것 같은 느낌. 이 자유로움에 날아갈 것 같았다.

"그래, 사람은 역시 여행을 하면서 살아야 해."

전생에 그는 한동안 모험과 야숙으로 젊은 시절을 보낸 적이 있다.

그때의 해방감과 자유로움은 지금까지 그 가슴에 남아 또

다시 길을 떠나고 싶은 충동을 만들어냈다.

하지만 한 번 발이 매이면 어지간해서는 그곳을 벗어날 수 없다는 사실을 익히 알고 있는 화수다.

이 또한 그가 받아들여야 할 숙명일 것이다.

어찌 되었든 그는 오늘 이곳에서 막걸리를 진탕 마시고 혼자만의 시간을 즐길 요량이다.

*   *   *

저녁부터 퍼마신 막걸리는 밤이 되면서 동이 나버렸고, 화수는 일동에서 1박을 하고 이동으로 해장거리를 찾아 떠났다.

이동은 갈비로 유명한데, 화수는 이곳에서 갈비탕으로 해장을 할 생각이다.

"여기 갈비탕 한 그릇에 갈비찜 작은 것 하나 주십시오."

서빙을 담당하는 아낙들은 아무리 건장한 청년이라지만 갈비찜을 혼자서 다 먹어치울 수 있을지 의문인 모양이다.

"괜찮겠어요? 생각보다 양이 많은데."

"뭐, 죽기야 하겠습니까? 남으면 싸가죠, 뭐."

"그래요. 알겠어요."

군부대 앞 식당은 자고로 양이 적으면 장사하기 힘들었다.

항상 배가 고픈 군인들은 각박한 주머니 사정 때문에 무조건 양이 많은 곳을 찾기 때문이다.

화수는 그런 식당 중에서도 가장 많이 주는 집을 찾았으니 이런 소리를 듣는 것도 무리가 아니다.

잠시 후, 뽀얀 국물에 갈비가 한가득 담긴 갈비탕과 매콤달콤한 갈비찜이 푸짐하게 차려져 나왔다.

"우와, 양이 어마어마하군!"

아침 해장으로 먹기엔 상당히 부담스러울 정도로 많은 양이었지만 위장이 보통 사람과는 차원이 다른 화수에겐 별것 아닌 밥상이다.

그는 우선 고소하고 깊은 맛이 나는 갈비탕에 밥을 말아서 고기와 함께 한술 떠보았다.

"후루룩! 오오! 좋군!"

감칠맛이 남다른 갈비탕에 국수까지 얹어서 한입 먹고 난 후엔 갈비찜을 통째로 뜯었다.

우드드득!

"이야, 이게 바로 이동갈비라는 거구나!"

식도락은 함께 즐기라는 말이 있지만 혼자서 즐기는 식도락도 그리 나쁘지 않았다.

이럴 때 술 한잔이 빠지면 섭섭하다.

"이모, 여기 탁주 한 잔이요!"

"네, 가요!"

몸에 좋은 약재를 많이 집어넣어 만들었다고 하여 약주라고도 불리는 이곳 탁주의 맛은 천하일미였다.

만약 여기에 따끈한 국물과 부드러운 갈비가 함께한다면 금상첨화일 것이다.

한마디로 화수는 혼자만의 여행을 즐기며 신선놀음을 하고 있다고 봐도 무방했다.

마파람에 게 눈 감추듯 갈비를 먹어치우다 보니 많기는커녕 갈비찜이 모자랄 판이다.

"이모, 갈비찜 한 판 더 주세요!"

"어이쿠, 젊은 총각이 먹성도 좋지. 그걸 다 먹고 또 시켜? 군인들 네 명이 먹어도 배부르다고 할 양인데."

"젊은 사람이 이 정도쯤이야 별것 아니지요."

"하긴, 혼자서 갈비찜 10인분을 먹는 아가씨도 있더군. 아무튼 금방 가저다줄게요."

사실 화수의 위는 이미 마나 신경체계가 자리를 잡고 있기 때문에 밥을 삽으로 떠서 구겨 넣는다고 해도 충분히 소화시킬 수 있었다.

때문에 그는 폭식이나 폭음에도 안전할 수 있으며, 술을 물처럼 마셔도 위에 전혀 무리가 가지 않는다.

다만 그것을 충족시키자면 꽤 많은 돈이 들어간다는 것이 단점이라면 단점이었다.

화수는 이곳에서 갈비 한 판을 더 먹어치우고 후식으로 탁
주 네 사발을 추가로 마시고서야 길을 떠났다.

*　　　*　　　*

포천을 지나 도착한 화천은 이미 수많은 관광객으로 북적
거렸다.

화천은 그 명성에 걸맞게 엄청나게 많은 인파를 보유하고
있기 때문에 이곳에서 시간을 보내는 것은 자유여행에 적합
하지 않았다.

화수는 이곳 계곡에서 잠을 자겠다는 생각보다는 그저 물
을 따라 경치만 구경하고 곧바로 춘천으로 향할 생각이다.

계곡을 따라서 차를 몰아 도착한 평화의 댐과 감성마을 등
에서 경치를 구경한 화수는 곧장 차를 돌려 춘천으로 향했
다.

춘천 역시 꽤 많은 여행지가 위치해 있기 때문에 인파가 몰
리는 것은 당연지사다.

특히나 남이섬이나 강촌과 같은 곳은 수상스포츠를 비롯
한 각종 레저시설이 대거 몰려 있어 휴일이면 발 디딜 틈도
없을 정도다.

화수는 그런 유명한 관광지를 모두 피해 소양강변에 있는 한적한 산등성이 한구석에 자리를 폈다.

이곳에서는 팔도를 유람하는 산악인이나 강태공들이 심심치 않게 발견되는데, 숙박까지 즐기는 사람은 꽤 드문 편이다.

강변에서 낚시를 즐기거나 트레킹을 즐기고 난 후엔 소양 강변에 있는 모텔이나 민박에서 숙식을 해결하곤 한다.

하지만 화수는 추위나 병충해에 완전무결하니 숙박을 한다고 해도 문제될 것이 전혀 없었다.

그는 1인용 텐트를 치고 강변에 자리를 잡고 낚싯대를 꺼내어 채비를 갖추었다.

"오늘은 무슨 고기가 잡히려나?"

이곳에 소주를 사 들고 온 화수는 낚싯대를 던져놓고 고기가 걸리면 곧장 매운탕을 끓일 예정이다.

휘리리릭, 타악!

두 개의 낚싯대를 던져놓은 화수는 떡밥도 뿌리고 미끼도 제대로 꿰어 물고기를 몰았다.

딸랑딸랑!

화수가 매달아두었던 낚시찌가 물고기의 입질에 반응하면서 거칠게 소리를 냈다.

그는 재빨리 낚싯대의 릴을 감아서 물고기가 도망가지 못하도록 대비했다.

"오오, 오오오! 제법 큰 녀석이 걸린 모양이군!"

소양강에는 각종 물고기가 자생하는데, 그중에는 쏘가리나 꺽지 같은 명품 매운탕거리가 즐비했다.

오늘은 그중에서도 붕어가 가장 먼저 낚여 올라왔다.

파닥파닥!

"이야, 역시 소양강이 이름값을 하는구나!"

화수가 잡은 붕어는 약 30㎝. 민물에서 사는 물고기치고는 상당히 덩치가 큰 편이다.

그는 갓 잡은 붕어의 배를 갈라 내장을 제거하고 비늘을 벗겨놓은 후에 굵은 소금으로 깨끗하게 잔 때를 제거했다.

이제 이 고기에 칼집을 내고 끓는 물에 넣으면 매운탕을 만들 준비가 얼추 다 끝나는 셈이다.

화수는 여기에 각종 양념을 넣고 거기에 곁들여 먹을 라면과 수제비 등을 추가로 넣고 한소끔 알차게 끓였다.

보글보글!

"크흐, 냄새 죽이는군! 이럴 때 소주가 빠지면 섭하지!"

그는 간을 보는 내내 소주를 한 잔씩 마시며 간을 달래주었다.

술을 마실 때엔 알코올을 일부러 분해하지 않고 체내에 남겨두었다가 추후에 완벽하게 분해하는 화수이기 때문에 취한 감성을 느끼기엔 충분했다.

"어허, 술이 좀 오르는군."

원래 낚시는 술이 오를 때부터 시작이라는 말이 있듯이 그는 매운탕에 소주를 마시면서 계속하여 낚시를 즐겼다.

산들바람이 부는 강변에서 즐기는 낚시에 소주 한잔, 앞으로도 절대 잊지 못할 좋은 추억이 될 것이다.

*　　　*　　　*

춘천에서 하루를 보낸 화수는 양구와 인제를 지나 양양으로 향하는 설악산 줄기를 타기로 했다.

이미 산등성이는 많이 보았으니 사람이 다니지 않는 길로 접어들어 약초나 캘 생각이다.

인적이 드문 곳은 산행이 금지되어 있지만 안전위험과는 전혀 상관없는 화수에겐 그저 잔소리에 불과했다.

그는 입산 금지 푯말을 넘어 사람의 인적이 드문 산비탈을 내려가며 후각을 극도로 끌어 올렸다.

우우우우웅!

"후우, 주변에 약초가 꽤 많은 모양이군. 마나가 한층 더 차오르는 느낌이야."

화수는 산비탈을 내려가는 동안 눈에 보이는 약초와 버섯들을 채취해 챙겼다.

그리고 간간이 보이는 야생동물 불법 포획용 덫을 제거했다.

국립공원이든 도립공원이든 사냥꾼들은 때와 장소를 가리지 않고 야생동물을 포획하기 위해 덫을 놓는다.

이미 국법으로 엄격하게 금지해 놓았음에도 불구하고 이런 포획은 끝도 없이 이어지고 있었다.

화수는 기왕지사 자신이 입산 금지를 어겼으니 한 가지 선행으로 되갚아야겠다고 다짐한 것이다.

약 두 시간의 산행 동안 제거한 덫은 무려 50개. 이 정도면 아무리 눈치가 빠른 동물이라도 충분히 덫에 걸려 죽을 수 있는 양이다.

도대체 누가 이런 말도 안 되는 짓을 하는지 궁금할 따름이다.

덫을 야산 아래에 모아놓고 그것을 폐기해 버린 화수는 약초를 잘 갈무리하여 길을 떠나려 했다.

하지만 그는 도저히 그냥 지나칠 수 없는 광경과 마주하고 말았다.

"…조심해. 요즘 단속이 심하대."

"그래, 알겠어. 이 위로 난 길에 놓은 덫을 회수하는 김에 사냥감도 확인하자고."

"좋아, 가자."

이미 덫을 놓을 채비와 함께 죽은 동물까지 회수하려 작정한 밀렵꾼들이 산을 오르고 있었다.

아마도 이 산에 놓여 있는 덫의 상당수는 이 사내들이 놓은 것으로 보였다.

화수는 그들이 타고 온 차량이 어디에 있는지 찾아보았다.

"저기 있군."

차량은 산비탈 바로 아래에 주차되어 있었는데, 얼핏 보기에도 상당히 많은 양의 덫이 실려 있었다.

그는 차량의 보닛을 열어 엔진에 마나를 투입시켰다.

우우우웅, 펴엉!

엔진은 마나가 일으킨 스파크로 인하여 더 이상 동력을 만들어낼 수 없는 지경에 이르게 되었다.

이제 화수는 밀렵꾼들에게 마땅한 벌을 주기 위해 다시 산을 올랐다.

사각사각.

조심스럽게 산을 오르는 그들에게 슬그머니 다가선 화수는 몸을 땅 속에 숨겼다.

"디그!"

사사사사사사사사삭!

순식간에 땅을 파고 그 안으로 들어간 화수는 밀렵꾼들이

서 있는 곳까지 아주 빠른 속도로 달려갔다.

두더지가 땅 속을 파헤치고 다니듯 아주 빠르게 땅을 파내려 간 화수는 정확히 그들이 서 있는 곳 아래에 깊이 5미터의 구덩이를 팠다.

그리고 이내 그는 사내들의 발아래가 푹 꺼지도록 지반을 툭 건드렸다.

우그그그그그, 콰앙!

"어어, 어?!"

"으아아악!"

덫과 함께 땅 속으로 들어선 그들에게 화수는 아주 등골이 서늘한 기억을 선사하기로 했다.

얼굴에 라이트 마법을 걸고 그 주변에 푸른색 불꽃을 소환한 화수는 사내들에게 다가가 말했다.

―네놈들이 나를 병들게 한 원인이구나!

"히이이이이이익!"

"귀, 귀신?!"

―죽어줘야겠다!

혼비백산하여 지상으로 올라가려 발버둥치는 그들이지만 깊이 5미터의 구덩이를 빠져나갈 수 있을 리가 없다.

"사, 사람 살려!"

"살려주세요!"

눈물콧물 다 쏙 빼놓았으니 빠져나와도 이젠 어지간해선 밀렵에 손대지 않을 것이다.

화수는 자신이 왔던 곳으로 다시 되돌아가 여행을 계속했다.

*   *   *

양양에서 오대산을 타고 강릉으로 나온 화수는 그 길을 따라 바로 동해와 삼척을 거치기로 했다.

무려 삼 일 동안 산에서만 지냈더니 바다가 보고 싶었다.

어차피 첫 행선지 빼고는 딱히 정해진 것이 없었기 때문에 발길이 닿는 곳이 행선지가 되었다.

그는 동해를 거쳐 도착한 삼척 정라진에 차를 세우고 어시장으로 향했다.

때마침 늦은 오후라 생선회 장수들이 들어갈 시간이 다 되어가는 듯했다.

이때 회를 뜨러 가면 꽤 저렴하면서도 씨알이 굵은 물고기를 구경할 수 있다.

화수는 그중에서도 농어와 오징어를 지목했다.

"저놈하고 오징어 만 원어치만 회 떠주십시오."

"으음, 다해서 4만 원."

"너무 비쌉니다. 조금만 깎아주세요."

"에이, 청년이 뭘 모르네. 아무리 끝물이라고 해도 국산 농어를 누가 그렇게 싸게 팔아?"

"그래도 가시는 김에 손을 털고 가면 좋지 않습니까? 그냥 파시죠."

회시장이 좋은 점은 바로 그 자리에서 흥정해서 가지고 갈 수 있다는 점이다.

운이 좋으면 10만 원을 호가하는 생선을 반값도 안 되는 가격에 가지고 갈 수도 있다는 뜻이다.

"그래, 청년이 언변이 좋아서 내가 그냥 줄게. 3만 5천 원. 어때?"

"좋지요."

"잠시만 기다려. 금방 떠줄게."

화수는 주인장이 회를 치는 동안 근처에 있는 낚시용품점을 찾아 바다낚시에 필요한 채비를 갖추기로 했다.

그러면서 인근에서 가장 유명한 포인트를 수소문해 보았다.

"낚시가 잘되는 곳이 어디쯤입니까?"

"이 근방에선 별로 안 잡히고 포구 맞은편으로 가보세요. 농어나 우럭이 꽤 잡힐 겁니다."

"그렇군요. 감사합니다."

갯지렁이에 크릴새우, 각종 추와 루어까지 구비한 화수는 미리 주문해 둔 회를 가지고 낚시터로 향했다.

낚시터에는 생각보다 많은 사람이 물고기를 낚고 있었다. 대부분 혼자 왔거나 두세 명이 단출하게 짝을 지은 모습이다.

화수는 SUV의 트렁크를 열고 그 안에 있는 짐을 빼내어 뒷좌석과 조수석으로 옮겼다.

그리고 짐칸에 자리를 펴고 앉은 화수는 낚싯대를 차에 살짝 걸쳐놓고 생선회에 소주를 한잔 걸쳤다.

꿀꺽!

"크흐, 좋구나! 역시 가슴이 뻥 뚫리는 데는 바다가 최고지!"

흔히 가슴이 답답해지면 바다를 찾으라고 말한다. 화수는 오늘 그 말을 아주 절실히 실감하고 있는 중이다.

그렇게 얼마나 시간이 흘렀을까? 홀로 낚시를 즐기고 있던 화수에게 한 청년이 다가와 말을 걸었다.

"저, 죄송합니다만 낚시 추가 있다면 좀 살 수 있을까요? 제가 낚시 추를 다 써버려서 말입니다."

화수는 넉넉하게 사두었던 낚시 추를 서너 개 건넸다.

"가지고 가십시오. 어차피 많습니다."

"그래도 사례를……."

"됐습니다. 어차피 좋은 공기 마시러 온 건데 무슨 돈을 받습니까? 그냥 가십시오."

"아아, 감사합니다!"

낚시터에서 추 몇 개는 그냥 줄 수도 있는 물건이기에 딱히 돈을 받지 않는 화수다.

그런데 청년은 그냥 지나칠 수가 없었는지 화수에게 선물을 하나 건넸다.

"받으십시오. 별건 아니고 그냥 맛이나 보라고 드리는 겁니다."

그가 건넨 것은 공보가주 한 병이었다.

"이야, 회에 고량주라니, 뭘 좀 아시는군요."

"하하, 제가 중국술을 좋아해서 말입니다. 그럼."

"감사합니다!"

마음씀씀이를 후하게 쓰니 뜻밖의 횡재를 했다.

예상에도 없던 고량주까지 얻은 화수는 아주 즐거운 마음으로 바다낚시에 열중했다.

*　　　*　　　*

삼척에서 바다낚시를 즐긴 화수는 이제 젊음의 열기를 느껴보기로 했다.

동해안을 따라 부산까지 내려온 화수는 최고의 번화가 서면에서 옷을 새로 구매했다.

편한 옷을 입고 온 화수이기 때문에 젊음의 거리를 누비기엔 다소 무리가 있다고 판단한 것이다.

그는 그동안 축적한 술기운을 싹 몰아내고 부종과 셀룰로이드를 전부 증발시켰다.

불룩하게 나온 배가 쏙 들어가고 아주 매끈한 근육이 울긋불긋하게 자리를 잡았다.

서면에 있는 대형 목욕탕에 들어선 화수는 뜨끈한 물에 몸을 담갔다.

"후아, 좋구나!"

뜨거운 물에 몸을 담그고 나니 그의 몸에 복잡한 무늬의 룬어들이 그 모습을 드러내기 시작했다.

그 모습을 바라보며 주변의 젊은이들이 저마다 읊조리듯 한마디씩 했다.

"DJ인가?"

"그렇지? 건달은 아닌 것 같고, 클럽 죽돌이 정도 되나 봐."

요즘은 문신이 결코 건달들만의 전유물이 아니다.

일반인도 꽤 많이 몸에 문신을 하고 다니는데, 화수처럼 상형문자를 몸에 새기는 사람이 상당히 많은 편이다.

한마디로 지금 화수의 몸에 나타난 룬어들은 패션 타투쯤 되는 셈이다.

'오호, 그렇단 말이지?'

화수는 목덜미와 귀를 잇는 문신과 가슴에 남은 문신을 형상화시킨 채 옷을 맞추러 가기로 한다.

인터넷에서 본 글귀에 의하면 클럽은 검은색 계열 옷에 부담스럽지 않은 로퍼가 최고라고 했다.

화수는 인터넷에서 본 복장에 머리까지 최신 스타일로 세팅해서 부산 최고의 클럽으로 향했다.

쿵쾅, 쿵쾅, 쿵쾅!

서울 연예인들까지 단골처럼 찾을 정도로 인산인해를 이루는 이곳 클럽은 외국인도 꽤 많았다.

화수는 클럽을 그렇게까지 즐겨 찾는 편은 아니지만 한 번쯤은 클럽에 혼자 와보고 싶었다.

어지럽게 돌아가는 사이키조명 아래에 선 화수는 귀를 간질이는 음악에 몸을 맡겨보았다.

'클럽도 그리 나쁘지만은 않군.'

한 번쯤 기분 전환으로 찾으면 꽤 괜찮겠다고 생각하는 화수다.

그러다 화수는 자신의 곁으로 다가오는 몇몇 여자를 발견했다.

"몇 명이서 왔어요?!"

그녀의 물음에 화수는 조용히 손가락 하나를 들었다.

"혼자?"

"네, 혼자 왔습니다."

"정말요? 그럼 심심하겠네! 이쪽으로 와서 우리랑 놀아요!"

꽤나 미인에 늘씬한 몸매까지 갖춘 그녀였지만 화수는 여자를 낚으러 온 강태공이 아니었다.

그는 정중하게 손을 내저었다.

"미안하지만 난 오늘 술을 마시러 온 겁니다. 나중에 기회가 된다면 맥주 한잔 사지요."

"쳇, 알겠어요! 그럼 잘 놀아요!"

부산 여자들은 화끈하고 뒤가 깔끔하다더니 풍문이 아닌 모양이다.

그녀를 보내고 난 후 클럽에 마련된 테이블로 걸어간 화수는 웨이터에게 꽤나 비싼 술을 주문했다.

"아그와 한 병에 블루불 한 상자 주세요."

"아그와 밤으로 드실 수 있도록 준비해 드리겠습니다."

"그렇게 해주세요."

화수가 이수그룹 회장인 것을 감안하면 이 정도 사치는 별 것 아니지만 그는 태어나 클럽이라는 곳에서 술을 마셔본 적이 한 번도 없었다.

줄을 지어 가지고 오는 과일 안주와 아이스버킷 등을 바라
본 화수는 젊은이들이 꽤 좋아하겠다고 느꼈다.

뭔가 대접을 받는 느낌이 들어 돈 쓰는 맛이 나겠다고 생각
한 것이다.

'자주는 못 오겠군.'

돈도 돈이지만 클럽의 MD들은 화수의 술을 소비시키기 위
해 자꾸 여자들을 데려왔다.

"아까도 말씀드렸지만 여자는 됐습니다."

"하지만 저 여자들이 먼저 손님을 지목하는 겁니다. 자신
의 테이블로 데리고 와달라는 것을 자꾸 거절하셔서 말리는
것뿐입니다."

화수는 인식하고 있지 못했지만 화수의 외모는 상위권에
서도 꽤나 높은 편에 속했다.

마나 신경체계가 갖추어지고 난 후 외모가 한 차례 탈피했
기 때문이다.

"뭐, 아무튼 제 입장은 그러니 적당히 커트해 주세요."

"예, 알겠습니다."

그는 이곳에서 새벽 한 시까지 술을 마시고 다시 부산 시가
지로 나와 포장마차를 찾았다.

역시 그에겐 소주에 어묵탕 한 그릇이 최고였다.

　　　　*　　　*　　　*

　화수가 자유여행을 떠나고 난 후, 인터넷에는 이수그룹 회
장의 나들이라는 제목의 기사가 인터넷에 실렸다.

　[이수기업 강화수 회장, 부산 서면에 떴다.]
　[강화수 회장, 클럽 나들이. 혹시 이수그룹 클럽 진출?]

　본인은 자각하지 못하고 있던 유명세가 인터넷 신문을 강
타한 것이다.
　이 기사를 가장 먼저 접한 것은 다름 아닌 세라였다.
　"……."
　아직 화수와 사귀는 사이는 아니지만 혼자 클럽을 갔다니
마음이 싱숭생숭하다.
　그녀는 이대로 화수를 가만히 내버려 두었다간 큰일이 날
것 같았다.
　"안 되겠어."
　이윽고 그녀는 화수를 사로잡기 위한 스케줄을 짜기 시작
했다.

　클럽 여행을 시작으로 남해안을 탐방한 화수는 서해안 드

라이빙으로 여행을 마무리했다.

그 이후 세라가 곧바로 화수에게 만날 것을 제안해 왔다.

급작스러운 제안이었지만 화수는 오랜만에 그녀와의 데이트도 나쁘지 않다고 생각했다.

그녀의 리드로 한 데이트, 그 끝은 역시 소주방이었다.

화수와 마주 앉은 세라가 그에게 넌지시 물었다.

"그런데 말이야, 클럽에는 왜 간 거야? 전국 팔도를 유람한다더니."

"크, 클럽?"

"응, 클럽."

아무리 눈치가 없어도 사귀자마자 책잡히는 짓을 할 리가 없는 화수다.

"하, 하하! 그건 말이지."

"솔직히 말해. 화내지 않을게."

"…궁금해서."

"뭐가 궁금해?"

"그냥 클럽에선 어떻게 노는지 궁금해서 말이지."

"정말 그것뿐이야?"

"무, 물론이지."

"흥! 그렇다고 치지, 뭐. 대신 다음부턴 절대로 가면 안돼!"

"당연하지!"

화수는 자신의 거취를 혼자서 결정하지 못할 시점이 되었다고 절감했다.

외전 끝

ODD LAWYER
FUSION FANTASTIC STORY
미더라 장편 소설
Devil's Balance
괴짜 변호사
악마의 저울
『즐거운 인생』 미더라 작가의
2015년 대작!
현직 변호사, 형사, 프로파일러, 범죄심리학 전문가 자문으로
현장의 생생함을 그대로 담아낸 현대 판타지!
『괴짜 변호사 : 악마의 저울』
"제가 왜 한 번도 패소한 적이 없는 줄 아십니까?"
"……."
"저는 법으로만 싸우지 않거든요."
법의 칼날 위에서 춤추는 자들과의
치열한 공방이 펼쳐진다!
Book Publishing CHUNGEORAM
유행이 아닌 자유추구 -
www.chungeoram.com